U0645844

学术之美 海峰随笔

凤凰树下
随笔集

刘海峰 著

厦门大学出版社
XIAMEN UNIVERSITY PRESS
国家一级出版社
全国百佳图书出版单位

编者的话

　　厦门大学,一所闻名遐迩的高等学府,经过近百年的岁月洗礼,她根深叶茂,茁壮成长。厦大校园背山面海、拥湖抱水,早年由南洋引入的凤凰木遍布校园的各个角落,于是,一级又一级的海内外求知学子满怀憧憬地相聚在凤凰树下;一届又一届的毕业生依依惜别于凤凰树下。"凤凰花开"成了学子们对母校的青春记忆,"凤凰树下"成了厦大人共同的生活空间。

　　建校近百年的厦门大学现已成为学科门类齐全的国家"211"、"985"工程重点大学。厦大人秉持"自强不息,止于至善"的校训,铭记校主陈嘉庚建设一流大学的嘱托,在较少政治喧闹、较多自由思考的相对安静环境中,做着相对纯粹的真学问,培育着一代代莘莘学子。一大批厦大人在不同的学术领域里成果卓著,他们除了发表论文、出版专著,贡献自己高深的科研成果之外,亦时有充满灵性的学术感悟文字、感时悯世的政治评论短札,时有思索道德人生的启示益智言语、情感迸发的直抒胸臆篇什。这些学术随笔其文字之精练,语言之优美,内容之丰富,思想之深刻,不仅体现了厦大学人深厚的学术积淀,而且也是值得传承的丰富文化宝藏和宝贵的出版传播资源。

厦门大学出版社秉承"蕴大学精神,铸学术精品"的出版理念,注重挖掘厦门大学的学术内涵。我们将以"凤凰树下随笔集"的形式,编辑出版厦大学人的学术随笔、学术短札,在凤凰树下营造弥漫学术芬芳的书香氛围,让厦大校园充满求真思辨的探索情怀。年轻学子阅读这些书札,或能获得体悟,受到激励,走向深邃的学术殿堂;社会大众阅读这些书札,或能更加切实地品读我们这所大学的真实内涵,而不至于停留在"厦门大学是个大花园"的粗浅旅游观感层次。

我们更期待《凤凰树下随笔集》走出校园,吸引全球更多的学者走入这片凤凰树下,让读者感受到这些学者除了不断有高精尖的科研成果问世外,还有深沉的文化艺术脉搏在跳动,还有浓郁的人文精神、科学精神在流淌。

厦门大学出版社

Contents
目　录

治学感悟

读书心得

学术生涯

文学行走

序文集锦

治学感悟

凤凰树下随笔集

学术论文与学术随笔

　　要写出人们不爱看的文章很容易,要写出人们爱看的文章却很不容易。

　　无论是学术论文或是学术随笔,要写得让人们不喜欢看,那可是太容易了,废话连篇,胡说八道,或者逻辑不通,随便涂抹开去,将方块字码成像乱石堆一样的文字垃圾,大概识字的人都做得到。而要写得让人们喜欢看,文字言简意赅,行云流水,甚至动人心弦、震撼灵魂,那可得言之有物,非花一番心思不可。

　　同样的学术观点用不同的文字表达,其效果大不一样。文字枯燥平淡、晦涩难懂者,论点可能显得苍白无力,很难与读者产生心灵碰撞;为文闳中肆外、干净利落者,话语具有金属般的穿透力,很容易引起读者的反响与共鸣。其实,书必通俗方传远,语言的通俗畅达并不影响思想的博大精深,文从字顺、秀外慧中方是为文的上品。归根到底,论著是写给他人看的,不是孤芳自赏的,只有使读者喜欢阅读并受到感染,文章才真正起到作用。

　　曾几何时,"论文"是一个十分小众的词语。记得1977年我考上厦门大学历史系,在新生入学讲话中,当时的系主任陈再正先生提到将来我们都要写毕业论文,那是我第一次听到"论文"二字,觉得写论文很神圣,很高深。之前"文革"十年,我们这些从"学术冰河时期"成长起来的知识青年,即使像我这样比较喜欢读书和写作的人,也只知道有大批判文章,有散文、杂文或议论文等文章体裁,竟然从来没有听说过"论文"的提法。说来真有点令人不可思议。而今连中小学教师,甚至幼儿园阿姨评职称都要求发表论文,似乎谁都会写论文,学术论文已经是满天飞了。回想起30多年前的"学术荒漠年代",恍若隔世。

　　不同学者的论著水平有高下之分,即使同一个人所写的学术论文,其价值、水平及所费时间也可能有天壤之别。就我自己已发表的论文而言,有三五天完稿者,有费时数月者,也有迁延十年者。真正高质量的大块学术论文,需经过长时间的研究,认真进行观点的锤炼和语句的锻造,才能"百炼钢化为绕指柔"。我在《中国社会科学》2001 年第 5 期发表的《科举制对西方考试制度影响新探》,近两万字,写作时间前后花了八年,写这样一篇论文的难度绝不亚于写一本普通的专著。

写好学术论文难,写好学术随笔也不易。学术随笔不同于学术短论,从事学术职业的人基本上都会写学术短论,只要将有观点的学术论文压缩一下便可成为学术短论。学术随笔也不同于教育时评,教育时评主要针对教育时事发表言论,而学术随笔最好能贴近时事,但更要写得好看和耐看;既要有思想的闪光,也要有文笔的追求;或以小见大,开卷有益;或值得保存,可以回味。

学术论文要善于将一个问题铺陈开去,写深写大,敷衍成文,用相当的篇幅将道理说透。而短篇随笔正与此相反,将一篇论文的内容浓缩在一两千字的随笔里,用明白晓畅的文字表达出观点,需要一个去粗取精或取精用宏的过程。将平日磅礴郁积的学问形诸文字,将胸中所蓄达于笔端。在洞悉事物的本源的基础上,以渊博的知识为背后支撑把它简单地呈现出来。

在一定意义上说,学术论文就是将一般人只能议论一句话的问题,用十句话全面深刻地论述出来;学术随笔就是将一般人需要十句话才能说清楚的问题,用一句话就简明扼要地表达出来。如果学术论文要大而全的话,学术随笔就求小而美。

学术论文讲究深刻、厚重,好的论文能够创发新解、廓清迷雾,往往体现出庄严和大气,有如孔庙中的大成殿。而学术随笔则讲究精美、雅致,轻灵、逸动、写意,有如小巧玲珑的苏州园林。好的随笔让人感觉隽永清新、将尽未尽,往往体现出才华和文采。精彩的闪光可能使瞬间变成永恒,平淡的文字让人过目即忘,耐看的文字却给人长久的回味,仿佛余音绕梁,三日不绝。

学术随笔有如学术小品。有句古话说:"螺蛳壳里做道场。"在有限的篇幅中,写出短小精悍的美文来并不容易。不过,这也是一个"难者不会、会者不难"的活计。

言而无文,行之不远。有读者最为关键,没有人读的文字,再好也没有用。而要让自己的学术发言真正产生感染力,不仅应对研究内容沉浸醴郁,含英咀华,而且应争取语言生动晓畅,文字入木三分,力透纸背,所谓"语不惊人死不休"是也。我觉得,学术随笔的观点与文字有点类似于歌曲的歌词与曲调，好的歌词要配上好的曲调，有时甚至乐曲比歌词还更重要。

论著要能够真正出彩，就需要精益求精。应有一定的历史基础、哲学思辨和文学素养，也就是人文思考和人文视野。无论是写学术论文或随笔，都应进行思想的凝练和文字的推敲。

文章的高下有一个判断尺度，即读者看后是否想保存下来，有的文章耐人寻味，值得剪报珍藏，有的文章平淡无奇，看后即被丢弃。写作者当然希望能写出不被或少被人们扔进字纸篓里的文章。如果你的论著郑重其事送给别人后，发现被其当废书报卖掉，或者受赠者离开宾馆后遗弃在房间里，说明要么是送错了对象，要么自己的论著实在没有什么保存价值。

面对当下精英学术和大众文化两种路数，目前我还是侧重于精英学术。从传世的角度看，精英学术经得起时间的考验，其价值更为高深和久远。当然我也会写写学术随笔，为普及学术文化出一份力，其乐趣更为纯粹和醇美。

（原刊《科学时报》2011 年 5 月 3 日"海峰随笔"专栏）

文字与健康

健康通常与体育、饮食、休息、医药等相关,文字与健康能有什么关系?

大有关系。而且与大学教师的健康还特别有关系。

在大学工作久了,近些年,我不时听到有的老师抱怨说,看某个学生的论文,简直要"气到吐血"!确实,看到学生抄袭的文字,或者是看到基本文理都不通的文字,都会使人上火。

古话说:"书犹药也,多读可以医愚。"读书可以益智,有时还可以疗疾。虽说开卷有益,不过,也不是读任何文字都有益的,还要看阅读什么书或什么文字。优美的文字令人赏心悦目,心旷神怡,还能提神补脑、延年益寿。乱七八糟的文字,却让人反胃,气急败坏,还可能影响健康,甚至折寿。

我觉得,在一定意义上说,文字是有味道的,有的文字清香扑鼻,有的文字臭不可闻,有的文字甜美怡人,有的文字味同嚼蜡。文章的功力和水平有四个层次或境界:一是辞能达意、文从字顺,二是运用自如、流畅优美,三是得心应手、炉火纯青,四是妙笔生花、出神入化。要达到后两个层次或境界很不容易,高手的论著一般也就是处于第二、三个层次,偶尔能获得神来之笔,达到最高境界,写出令人拍案叫绝的作品,但水平不够的人怎么也写不出第三、四个层次的文字来。

其实,现在大学教师对一般学生的文字要求并不太高,只要辞能达意、文从字顺便可,也就是达到最基本的要求。可是,当你看到有的大学生的文字,特别是硕士生和博士生的作业和学位论文,连最起码的文从字顺都达不到,自然很是失望。

看到好的论文,击节称赏,十分欣慰,会有"得天下英才而教育之"的快乐。而看到差的论文,则可能气不打一处出,心情大受影响。从道理上说,大学教师应该以平常心对待学生的文字,要有耐心和宽容,但想想读到硕士博士生,竟然还有文字不通顺的情况,也实在是郁闷。如果是中小学生,文字不通顺,老师还较为理解,因为毕竟还处于识字启蒙和基本的学习读写阶段。但到了上大学、攻读硕士博士层次，文字的基本功还不具备，就有点说不过去。由于从高考到研究生入学考试都高度重视外语，特别是研究生入学考试，基本上没有中国语文方面的把关。外语不达到分数线，录取根本就没门，但本国文字不堪者却基本上没能拦住。

在精英教育时代，大学生不多，研究生更少，水平一般较整齐。在高等教育大众化时代，招生人数多了，学生之间的水平差异颇大，其中总有一些文字水平较差，甚至是相当差的。

由于中国人讲人情与面子，即使宽进大学的学生，也很少有教师能够下决心将其"严出"掉。若脱产学习的研究生不能答辩毕业，不仅研究生本人灰头土脸，导师也觉得没有面子。于是无论研究生专业基础和文字水平有多差，只要招收入门了，通常导师都要硬着头皮去带，"扶"也罢，"抱"也好，好歹要将自己的弟子送毕业才算完事。

虽然拿的同样是全国统一印制的硕士、博士学位证书，但从不同大学获得的学位含金量是有所区别的。即使是同一所大学毕业的博士，不同博士的水平也有很大的差别，其间的差距之大，我认为远远超过欧美的博士。

如果是报纸、书刊、网络，赏心悦目、有利于健康的文字谁都可以读，也喜欢读，而不好的文字一般人都不会去读，人们可以选择。会影响到阅读者健康的文字，通常是很差而又不得不看的文字。这种情况较常出现在学生的论文中，还有就是编辑硬着头皮修改不得不刊用的文章，以及著作主编者不得不看各部分提交的书稿。如果出现文理不通、逻辑混乱的情况，交稿时限又快要到时，也是令人心急火燎的。

因此，如果考虑到他人的健康，尤其是大学生为老师的健康着想的话，就要好自为之，别写出让人读之生气的文字。当然，教师不仅要诲人不倦，还要"诲人不厌"，真遇到很差的文字，还是要控制自己的情绪，以免影响了健康。

（原刊《中国教育报》2009年4月6日第5版，原题为《文字会影响健康吗》）

学术之美　一头雾水

　　美有多种多样,有艺术之美,有自然之美,有科学之美,也有学术之美。科学与学术有重叠的地方,但通常我们说的学术更多的是指人文社会科学方面的学问。对艺术之美、自然之美,研究的人很多,科学之美谈得也不少,而学术之美则相对较少人涉及。

　　学术研究讲究严谨求实,往往与科学性联系在一起,较少人将学术与美联系在一起。其实,学术除了求真、求善之外,还有一个求美的方面。过去治学提倡考据、义理、词章三者兼顾,翻译要求信、达、雅,其中的"词章"、"雅",都是属于学术之美的方面。

　　有条流行一时的手机短信开头说:"学问之美,在于使人一头雾水……",这当然是调侃的说法,但也在一定程度上反映出当今学术界的一个问题,即许多学术论著写得艰深晦涩,令读者如坠五里雾中。作者或许是要"玩深沉",不过,思想再深刻,如果没什么人看得懂,学术论著的影响力终究有限。

　　思想苍白却写得莫测高深的学术论著,就像古人所说的,是"以艰深之辞,文浅易之说"。言为心声,表达不清楚,说明想得不够清楚。不可能以其昏昏,使人昭昭。只有对一门学问真正了解透彻的人,才可能深入浅出,用简单明白的话语来表达艰深的概念或专业的知识。深刻的思想用平白的语言表达出来,更能够为读者所接受。凡为深者,必能浅出;不能浅出,必非深者。有位作家说过:"年轻时我书读不懂,会觉得自己脑袋有问题;年纪大一点后,我若是某本书读不懂,会认为是作者脑袋有问题。"

　　上佳的学术论著不仅要讲究内容之美,而且在形式上也应有一种美的追求。除了要求论著文字要让人看得懂以外,学术之美还讲究结构之美、语言之美,以增强论著的文化含量和学术发言的感染力。

　　相同的观点和思想用不同的方式和语言来表达,其说服力和影响力是大不一样的,有的人写得稀松平常,有的人可能写得精彩绝伦。话谁都会说，文章一般人都能写，但怎么说怎么写却大不一样。平淡无奇的文字寓目之后如过眼云烟，情真意切的文字读过之后能影响思想。有的文字能感人肺腑，有的文字能触动人心。有的论著只见文字的铺陈而看不到思想的闪光，有的文章是有匠气而无才气。我认为，文章应有匠心而无匠气。有时重要的不仅在于你说什么，更重要的还在于你怎么说。因此，即使是写学术论著，应该不仅考虑"说什么"，而且考虑"怎么说"、"在哪里说"，也就是如何表达最合适、最具有影响力。

同样是方块汉字，不同的排列组合形成不同的结构，产生的功能和效应大不一样。同样是用文字作材料，既可以将论文做成一件学术精品，也可能将论文做成一堆文字垃圾。我不止一次对研究生说，写学位论文要有时间上的投入，有价值的论文须付出艰苦的努力，但论文不要只见汗水的流淌而不见智慧的光芒。好的论著既有思想的闪现又有流畅的语言，自然会得到较高的评价。

理论语言在逻辑严密的基础上，使用隐喻、采用形象化的表达方式往往更具感染力。因为学术论著与文学作品类似，目的也在于触动读者的情感、引起读者的共鸣，进而使其心悦诚服，接受作者的观点。"言而无文，行之不远。"注意修辞和文采，文字雅俗共赏，能够使学术论著流传更为广泛和久远。

教育既是一门科学，也是一门艺术。学术与艺术有相通之处，艺术之美与学术之美可以互相启迪。因为投影演示文稿的采用，现在教学或作学术报告时能够将书面文字配合口语表达出来，增加了学术之美的展示方式。加上可以展示许多图片或音乐图像，更与艺术联系起来，或者说可以用艺术的形式来表现学术的内容。因此，在学术研究与教学中，应提倡做到内容美与形式美的统一。在内容坚实的前提下，尽力讲求一种形式美。

中国现代最著名的高等教育家蔡元培高度重视美育，颇有道理，因为美育能够养成审美的眼光。而追求学术之美，要形成审美的意识，还要有一颗爱美的心。

（原刊《中国教育报》2009 年 3 月 16 日）

记者抓拍的刘海峰教授思考问题瞬间（2005 年）

教授中的教授

"教授中的教授",是新中国成立前学术界对陈寅恪的公认评价。陈寅恪在学术研究中,特别是在教学中坚持"三不讲",即别人讲过的不讲,书上有的不讲,自己讲过的不讲。

要做到"三不讲"并不是容易的事。别人讲过的不讲,书上有的不讲,意味着要论从己出,而非人云亦云。要做到这点,就必须善于创新,且十分博学,才能不断推陈出新。否则,哪有那么多新东西可讲?

不重复别人已属不易,不重复自己更不容易。我觉得"三不讲"中"自己讲过的不讲",在当今是最难的事。计算机写作、网络写作剪贴功能便捷,要不重复自己、不炒冷饭谈何容易。每次讲课或作学术报告都不讲自己过去曾经讲过的内容,那真是非常高的要求,尤其是课时多或作报告频繁的学者。

对陈寅恪的"三不讲",自己是"虽不能至,心向往焉"。比如,我每年给研究生上"科举学导论"课,或者给博士生上"高等教育史专题"课,总要与之前讲的有所不同。不可能做到全部不同,但也能做到部分不同。也正因为如此,总有些研究生或青年教师第二遍甚至第三遍来听我讲同一门课。而只要有一位听我讲过同一专题,我就更要有意识地区别于过去的内容。

在我看来,"教授中的教授"除了"三不讲"外,还有另一层意思,即可以用来形容教授有不同的层次。有的人是名副其实的教授,有的人是勉强称得上教授,有的人光有教授之名而无教授之实,有的人却足以当教授的教授。

从取得的成果与获得的荣誉的角度来看,大学教师大概可以分为以下五类:

第一类是名实俱佳者,既出版了大量高水平的论著,也获得了巨大的学术声望,此类学者数量凤毛麟角,属于可能青史留名者。

　　第二类是名不如实者,虽然做出了许多成果但却未得到充分的肯定,此类学者或因不善于宣传和推销,或因时运不济,不过在人们做学术史回顾时还是会被提及。

　　第三类是名不副实者,虽然当前头上顶着许多头衔和光环,但仔细探究一下其学术论著,其实少得可怜,此类学者位居要津或善于造势,但从长远来看,在学术史上并不能留下多少痕迹。

　　第四类是名实俱平者,即学术成果与名声都属平平,此类教师在大学中占相当比例。在所有群体中,位居中流者总是大多数,大学教师也不例外。

　　第五类是名实俱无者,学术成果既不足道,也无什么学术名声,但还是在大学中长期任教,此类学者在各大学中也是所在多有。即使是一流大学,多数院系也不乏此类教师。理论上说有健全的考核聘任制度,研究型大学中不应存在此类教师,但有几个大学能真正实行退出机制呢?

　　现在有许多人十分追慕怀想民国时期的大学或高等学校,包括说当时的教师如何高水平如何了得。不错,当时大学是比较自由,教师也较少浮躁的心态,在社会动荡和民族危亡的时代,多数大学教师都能安贫乐道,认真教学,大学教师人数较少,教师群体素质总体较高。但是,也不要将民国时期大学教师的水平想象得太高了。因为即使是民国时期的大学或高等学校,也有许多上述的第四和第五类教师。只是现在人们所知道和津津乐道的,基本上都是前三类教师而已。

　　历史是一个巨大而无形的筛子,往往只留下特别值得记住的东西。经过时代和社会的变迁,现今人们对民国时期大学教师的记忆多数集中在一些著名大师和校长身上,不断重复一些学术佳话,再加上一定程度的放大,结果往往忽视了当时也一样存在着许多默默无闻的普通大学教师,忘了当时也有不少野鸡大学。

　　大学这个小社会与整个大社会一样,在一个群体中永远都是分层的。民国时期教授分级,1949年至“文革”前,教授一般不再评级,但随着工资的增加,特别当时还套用行政级别的分法,教授实际上还是分出等级。21世纪以来,随着教授职务越评越多,即使多数教师都升为教授,大学和社会还是会将教授分出等级来。如现在大学教授中便有院士、讲座教授、特聘教授,或有的大学中的终身教授、资深教授等等,更多的是通过评定不同的岗位津贴，将教授又分出三六九等来。自 2008 年以来，大学又开始正式评出了一、二、三、四级教授。许多一、二级教授本身就是新任教授的老师，足可以当教授中的教授。

因此，水涨船高的规律还是在起作用，即使评上教授，也还有许多要奋斗的目标，还是要自强不息，止于至善。

（原刊《中国教育报》2010 年 1 月 25 日）

在国家教育咨询委员会成立暨第一次全体会议上留影(2010 年 11 月)

"板凳学问"与"行走学术"

每年的 9 月至 11 月,都是开会的黄金季节,许多大学教师都有外出参加学术会议的行程。秋季,是学术活动的旺季。

对大学教师而言,"板凳学问"与"行走学术"都需要。读万卷书还要行万里路,行走是激发灵感和思绪的一种途径,一定的行走确有必要,见多才能识广。学术总是在交流和碰撞中不断精进,理论总是在研讨与激荡中日益深化。而参加学术会议、外出讲学是大学教师生存方式的一种形态。与智者切磋琢磨,回应互动,能够启迪智慧、激活思想。观点经过交流更显得流畅鲜明,思想经过碰撞才容易闪现火花。

然而,相对于"行走学术",当今更应提倡的还是"板凳学问"这方面。跑动多了心就难以静下来,所以行走要有个度,以便安静地坐下来写大块文章或个人专著。发展到一定地位的学者往往社会活动和学术活动较多,视野较开阔,也可以组织一些大课题或主编一些书,或写一些急就章,就是不易安静地坐下来写有分量的论文或个人专著。

一段时间以来,受整个大环境的影响和大学及研究机构某些评价考核办法的诱导,不少学者心态不够沉稳,急于求成,力图短平快地出成果。对一个问题思考还不够深刻和成熟,就匆忙完稿,急着去发表,结果出来的往往是半成品。但若真想为后人留下一点自己的东西,为学术踵事增华,还是要老老实实坐冷板凳,潜心钻研,厚积薄发,才能有所创新。

就像下围棋者棋力不同段位不同一样,一个学者的学术水平和功力是可以感觉出来的,也具有无形的"段位"。不从事艰苦的原创劳动,不具有甘于寂寞淡泊名利的精神,只图方便快捷,轻轻松松地做学问,很难出精品出上品,也永远成不了高水平的学者。

在物欲横流的这年头,要真正静下心来做大学问并不是件容易的事。在当前整个学术界较为浮躁的情况下,提倡严谨治学,力戒浮躁尤有必要。而随着大学教师待遇的提高,社会各界对学者的期盼和道德要求比过去更高了,但遗憾的是近年来中国学术界却比过去更为浮躁、更为急功近利,所以才有"跑学问"和"炒学问"的说法。当今确实应提倡冷板凳精神,让学者真正将主要时间用在书桌前,认真读书,多读慎思。

动静分明的学者应该"静如处子,动如脱兔"。从前的学者坐而论道的多,身体力行者少;现在的学者四处行走的多,静心治学者少。宁静可以致远,专注方能成学。不颠沛流离,不为外物所动,坐得下来,这是身体上的宁静。但对一位学者来说,更重要的是精神上的宁静。因为静水深流,寂然凝虑、思接千载,较可能产生出深刻的思想。身处繁华喧闹的当今世界,心境澄明、耐得住寂寞的人有几何?学者的内心和生活,也多是忙碌慌乱,很少有长时间能够安静下来潜心钻研,集中精力思考一些大问题,做一点大学问。

中国优秀的学者向来有潜心治学的传统。对一个有所追求的文科学者而言,坐下来写作——过去为爬格子笔耕现在为打键盘码字——是一件很快乐的事。

人生不一定都要在娱乐和休闲中才能享受,对有的大学教师来说,做学问就是他们的生存方式。能够专心致志地沉浸醲郁,含英咀华,本身就是很快乐的事。

因此,相对于身体的行走,我更喜欢的还是精神上的行走,即让思想在脑际上行走,让激情在心弦上行走,让笔尖在稿纸上行走,让指尖在键盘上行走。

(原刊《中国教育报》2009 年 10 月 12 日)

刘海峰教授在研究室(2006 年)

里面的世界很精彩

有一首著名的流行歌曲,叫"外面的世界很精彩",但我觉得里面的世界更精彩。

小时候,总觉得外面的世界很精彩,因为自家外面的世界很精彩,教室外面的世界很精彩,县城外面的世界很精彩;长大后,却觉得里面的世界很精彩,因为书本里面的世界很精彩,头脑里面的世界很精彩,心灵里面的世界很精彩。

外面的世界通常是物质的世界,是有形的世界,看得见摸得着,可以用度量衡来计算。里面的世界更多是精神的世界,是无形的世界,看不见摸不着,或者看得见摸不着,一般无法测量其深度和厚度。

物质世界中也有里外之分,例如,天文学家觉得外面的世界很精彩,地质学家觉得地球里面的世界很精彩,细胞生物学家觉得细胞里面的世界很精彩,医生觉得人体里面的世界很精彩。还有物质和精神兼具的世界,例如电脑和电视里面的世界就很难分里外,而男欢女爱体验激情之后觉得身体里面的世界很精彩。不过我这里要说的主要还是精神世界。

大音希声,大象无形。巴尔扎克说过:"世界上最大的是大海,比大海更大的是天空,比天空更大的是人的心灵。"人的心灵是最为广阔而精彩的世界,人的想象力和思想的高度、心灵的深度是没有尽头的。而眼睛是心灵的窗户,有的人目光如电,有的人眼睛神采奕奕,有的人眼睛光彩照人,有的人眼睛仿佛一泓秋水。从一个人的眼睛可以在相当程度上看出其心灵里面是否精彩。

我有一个数学家表哥叫卢才辉,自小在印尼生长,"文革"前响应祖国的号召,以侨生的身份考入北京大学数学系。"文革"后他在首都师范大学数学系任教,主要研究数论中的李代数,退休前担任系主任和博士生导师。因为"文革"中劳动积累下肺病,身体相当虚弱。但每次我去看望他,只要讲到数学,他就十分来劲。不久前我再去他家看望时,见他的卧室里堆满了氧气瓶,他已经到需要每天 24 小时连续吸氧才能生活的程度。可谈起他去年仍在国际顶尖数学期刊发表多篇学术论文,谈起李代数,却精神抖擞,眼里闪烁出无量的光辉,仿佛换了一个人。从他的眼神中,我分明看出,在他的精神王国里,觉得数学里面的世界很精彩,以至于忘掉了病痛。

就无形的世界而言,学问里面的世界很精彩。无论什么学科,即使是数学那样被外人认为比较枯燥的学科,一旦深入其中,也可以看到五彩缤纷的数学天空,从纯粹的数字和图形中发现色彩斑斓的神奇世界。而人文社会科学与人的活动和思想直接相关,更是可以从人的精神生活从寻找到精彩纷呈的宇宙乾坤。一个学者只要具有自由之思想和独立之精神,就可以任思绪上下驰骋,纵横万里,即使"外面的世界很无奈",也可以"躲进小楼成一统,管他冬夏与春秋"。

当大学教师,就应努力让学生觉得教室里面的世界很精彩,实验室里面的世界很精彩。写学术著作,就应努力让读者觉得书本里面的世界很精彩,甚至感到"书中自有黄金屋,书中有女颜如玉,书中车马多如簇"。

真正沉迷学术、体验过治学甘苦的人便知道,其实学术里面的世界很精彩。做学问的过程,就是通过刻苦的努力来达到快乐的境界的过程,或者说是经过艰苦奋斗来获得快乐的过程。当你看到自己的一篇精品论文发表或一本厚实的著作出版时,看到一项实验获得成功时,其快乐程度一点也不亚于农夫秋收时的喜悦。

为学的乐趣不仅存在于结果的收获之中,还往往体现在研究和写作的过程中。例如,众里寻她千百度之后,蓦然发现珍贵的资料;经过研究之后豁然开朗,得到重要发现;多次实验失败之后,终于看到喜出望外的结果;见人所未见,言人所未言;廓清误解,鞭辟入里;论文写作抽丝剥茧,解破谜团等等,都是令人畅快淋漓的学术体验。个中滋味,只有经历过的人,才能真正体会。

庄子曰:"吾生也有涯,而知也无涯。"学无止境,人虽然无法随意延长生命的长度,但可以努力拓展生命的宽度与厚度,并尽力追求生命的高度,让学术人生充满精彩。果能活得精彩,不啻于延长了有限的生命,即所谓"人生得法,犹度二世"是也。

(原刊《科学时报》2010 年 3 月 2 日"海峰随笔"专栏)

应邀到美国威斯康星-麦迪逊大学教育学院做特邀演讲后留影（2014 年 3 月）

治学的地理位置

治学要有一定的环境，好的环境有利于做学问。治学的环境主要是指学者所处的单位环境，即服务机构的人文环境，当然也有所处的自然环境和地理环境。但我这里要谈的是治学的地理位置，也就学者所在城市的地理方位问题。

世界各国的体制不同，在中央集权的国家，京城与外地在学术资源方面差异颇大。不仅政府机构，而且重要的出版社和主要文化机构等都高度集中在首都，在远离政治和文化中心的地方治学，就会有诸多不便之处。在分权国家，地处边远地区的大学与在大都市的大学差别较小，地理位置对治学的影响就较小。

在大学为象牙塔的传统社会，大学的地理位置的影响差别较小。在大学逐渐走入社会的中心、与社会关系越来越密切的现代，远离政治、经济和文化中心，就会有诸多不利之处。

自古以来，中国就有"近水楼台先得月"的说法。古代京师在辇毂之下，万方辐辏，人文荟萃，容易获得各种资源、人脉和信息。而在远离京城、山高皇帝远的地方，与在天子脚下不可同日而语。

例如，唐代进士科举实行人治与法制并举、考试与推荐结合的取士办法。因此，只要想应进士科入仕，就必须造请权要，或与先辈名人往还，以获得推荐的机会。中唐科场注重举子平时的才学名声，主司在录取时往往要"采誉望"，即参考进士科举人的知名度，考虑舆论认为具有声誉的举子。举场中"激扬声价，谓之往还"。而所谓"往还"、"激扬声价"，用现代的话说就是来回"炒名声"，扩大知名度。韩愈、欧阳詹等人都是到京城以后才有机会跟一些"先进"打交道，获得"通榜"和"公荐"的机会，结果才顺利进士及第。

即使是宋代科举取消推荐环节，完全以考试成绩决定录取以后，在京城待久了，也比较容易知道科场文风的变易，以及揣摩考官出题的偏好。尤其是第三场考"策问"，从唐宋到明清，历代科举都会出与国计民生现实相关的考题，在京城住上一段，便较可能了解时事，有利于"对策"。

中国人做事讲究天时、地利、人和，古今皆然。现代大学教师都要忙着申请课题、发表和出版论著，在政治经济中心，比较容易找到合作伙伴、获得大笔经费的课题。处在僻远的小地方，就近很难找到大的横向课题。尤其是当代社会科学类的学者，注重参与决策咨询，地处京城和省会就方便得多。至于"跑部钱进"之类的说法，反映的也是进京争取资源的现象。

现在做学问和出名也讲究地利之便，例如，在京城的学者上中央电视台的机会比其他地方的学者大得多。请在京的学者，既不需付差旅费，又不需要接待安排住宿，只需付个出租车费便可，学者也没有舟车劳顿。不是非请不可的话，何必舍近求远找外地的学者？

大都会往往是人文渊薮，有众多的同行学者可以切磋琢磨，声应气求、交流往还的机会大得多。即使是发表同样数量和相当质量的论著，在京城的学者获得的学术声望可能也要比其他地方的学者要大一些。

当然，一定意义上说，"酒香不怕巷子深"，是金子总要闪光。但在现代，即使是美酒，还要善于推销，还需有推销的机会。

与学者个人治学相关，大学办学的地理位置也是如此。大学所处不同的地理方位，其影响与利弊也有所不同。因为各种重要的会议和活动往往在京城或省会举行，在非首都和省会办大学，经济成本和时间成本要增加许多。

1958 年，在举国头脑发热的时候，中国高等教育也"大跃进"，为了"赶美超英"，甚至提出每个县办一所大学。结果多在地区一级的县城所在地匆忙办起了师专，因为违背教育规律，到 1960 年以后又不得不下马。现在高等学校通常也是办在地级市以上的中心城市，个别在县级市办学的高校就有诸多的困难。地理位置的差异，久而久之就会在学校的办学实力上体现出来，如一些高水平的学者很难引进，即使引进了也较可能又离开。

不过，另一方面，在大都市生存也不全是好事，也是利弊兼具。活动太多、机会太多，很难不为外物所动，结果为应付各种活动，成天忙碌慌乱，就很少整块时间，也较难静下心来治学。

　　而且,在交通便利和计算机互联网时代,治学的地理位置的重要性有所下降。比如,在福建厦门岛南端我的住处,与从北京皇城根发送电子邮件到中国教育报社,时间上没有任何差距。

　　因此,关键还是在学者自身的把握,无论身处何地,都应以学术为业,静心治学。不必这山望那山高,否则永远是"我不在的地方就是好地方"。

（原刊《中国教育报》2009 年 12 月 14 日）

在慕田峪长城(2008 年 4 月)

学术精品　知易行难

2009 年 12 月 30 日,在金碧辉煌的人民大会堂金色大厅举行了高等学校科学研究优秀成果奖(人文社会科学)颁奖大会,场面隆重庄严,这是高校社会科学工作者的盛大聚会。作为出席大会的一等奖获得者,我也与有荣焉,颇多感触。

该奖项已设立五届,本届获奖成果给人们印象最深的是北京大学的获奖数多达 59 项,不仅获奖总数在全国各大学中遥遥领先,比第二位的复旦大学和中国人民大学(各 32 项)多出近一倍,而且在一、二、三等奖数以及普及奖数方面均位列第一。

过去四届评奖从未出现如此悬殊的情况,为什么这届评奖北大获奖成果会如此突出?

北大的新闻网页是这么说的:由于国内人文社科研究领域的国家级大奖尚未设立,教育部奖在 2008 年的重点学科评估中被视同为与理工科国家三大奖相当的奖项,可见此奖的分量。北京大学自 2001 年 4 月召开全校文科教师大会后,明确提出了"清除赝品,拒绝平庸,树立北大文科精品意识"。那次大会的召开产生了强烈的反响,"精品意识"在北大文科教师中日益深入人心。北大近三年的研究成果在此次教育部评奖中,取得了骄人的成绩,这说明追求质量,不求数量的"精品意识"符合北大人文社科的发展规律,也必将对我国高校人文社科的发展和倡导并维护健康的学风产生积极影响。

兵不在多而在精。一流大学的科研不仅有量的衡量指标,更重要的是以质取胜。树立精品意识很重要,但问题是,何谓学术精品?

学术精品一般是指人文社会科学高质量高水平的论著。自然科学研究的优秀成果,往往是重大的科技发明或发现。换一种说法,学术精品往往是文科方面的学术名著、名篇。

学术精品通常有一定的篇幅,但其学术分量并非以篇幅来衡量,有的著作卷帙浩大,但内容空洞,学术含量稀薄。还有就是出版的大部头丛书,特别是有的新印历史文献,只是将以往容易找到的史书再集合到一块,基本上没有什么稀见的文献。这样的大套书籍,无论有多少册,实际上对学术发展没有多少贡献,自然也算不上学术精品。当然,有些大部头著作为集大成之作,或者集合了大量新发现的宝贵资料,也应属于精品力作。

学术精品应该是精心构思、精心打造、精心研磨的学术产品。耐看、有分量,不仅能看到汗水的流淌,还要能看到智慧的光芒。高水平的论著,通常是研究论题重要或宏大,具有一定的复杂性,而且观点新颖、资料丰富,重研究方法,往往具有原创性和代表性。

学术精品还应逻辑严密、文字流畅,写作手法体现出较高的水平。不仅讲究观点的锤炼,而且注意语句的锻造,才能"百炼钢化为绕指柔"。学术精品应讲究结构之美、语言之美,正如我在《学术之美》一文中所说的,上佳的学术论著不仅要讲究内容之美,而且在形式上也应有一种美的追求。

要成为学术精品,往往需相当长的时间投入,只有持续不断的细心打磨才能成型。就像打磨金刚石一样,需要耐心地从不同角度、顺着纹理进行认真研磨,方能打造出闪亮生辉的精品。贾岛有些诗是"两句三年得,一吟双泪流"方才写出。做学问需要时间,慢工出细活。短平快是很难打造出学术精品来的,赶出来的成果就像催肥的猪或速生的树,质量或密度总是要差一些。

重大的学术精品往往是传世之作,就是经得起时间检验和历史淘汰、能够流传后世的作品。一位大学教师是否真正有水平,只能让成果说话,用论著说话。论著本身的水平最关键,是否具有长远生命力取决于论著的质量,而不是其包装或人为加上去的光环。一本书或一项科研成果如果不是真有价值,请多少名人作序或写书评、得过多少奖励都抵挡不住时间的淘汰,时间无疑是评定是否学术精品的重要因素,只有真正具有价值的理论和著作才能够经得起实践和历史的检验。若能够从长远的观点看问题,就应实打实地做那些原创性的学问。

什么时候中国学者也能提出像布迪厄的社会资本理论、罗尔斯的正义论那样的开创性理论来,或者写出像《大国的兴衰》、《文明的冲突》那样影响重大的传世名著来,产生出称得上伟大的学术著作,中国的人文社会科学就真正达到高度繁荣了。

因此，真想为后人留下一点自己的东西，为学术踵事增华，还是要老老实实，潜心钻研，厚积薄发，力求进行知识创新、理论创新或思想创新。一个学者应该有真正拿得出手的代表作或标志性成果，而要做到这一点并不容易，非得要有坚强的毅力和艰苦的付出不可。

只有树立精品意识，才可能生产出学术精品，在这方面，的确是知易行难。

（原刊《中国教育报》2010年1月11日）

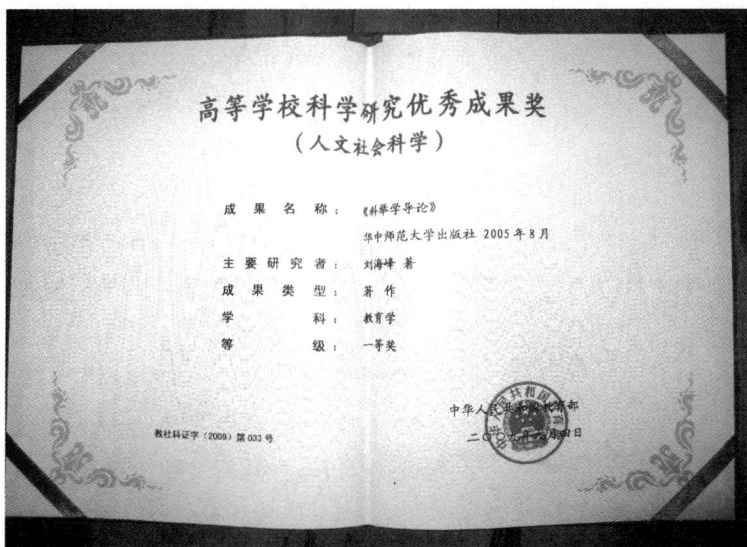

《科举学导论》获第五届高等学校科学研究优秀成果奖（人文社会科学）一等奖证书

论文与课题的匿名评审

中国是一个人情社会,托关系、走后门的风气盛行不衰,许多人往往会不由自主地陷入"人情困境"之中。同时,中国人向来好面子,或者说面子观念特别强。林语堂曾说:面子、命运和人情是支配中国人社会生活的三位女神。在讲究人情、关系和面子的人情社会中,评审论文采用匿名是一个办法,因为评审者可以更加客观和自由地评判论文的水平。

也有的学者认为学位论文特别是博士论文的匿名评审是对评审人的不尊重。只要是真正的同行,大体都知道某一单位哪位比较著名的学者在研究什么,基本上可以猜出是哪位高人指导的博士论文。越了解学术动态的人,越能够判断出论文的导师是谁。既然让我评审了,又怕我知道是谁的弟子的论文,岂非不相信我会秉公办事?因此主张博士论文不应实行匿名评审。

不过,我认为,学位论文采用匿名评审,至少有一点好处:评审者看到太差的论文,可以装作不知道该论文的导师是何许人,拦掉水平最次的论文。在中国这样的人情社会,如果没有匿名评审,劣质论文很可能畅行无阻。

现在的学位论文,特别是有的高校部分学科的硕士学位论文答辩已经容易到什么程度,许多人可能都想象不出来。我听说过这样一个真实的情况,有所大学的某一学科的硕士论文答辩,一个答辩委员会一个上午时间竟然安排了 20 位以上的硕士学位论文答辩,给每位硕士生陈述论文的时间是 5 分钟,提问和答辩时间不超过 5 分钟,有的甚至只有 3 分钟。这样的答辩基本上是走过场,只是一个形式,我听那位告诉我的学者说,他都不敢叫他的低年级学生去听这样的答辩,否则,其他研究生看到答辩如此容易,更不会认真撰写论文。

自然科学的学位论文我不很了解,只知道不少大学理工科的博士硕士学位论文优秀率都很高,比人文社会科学高很多,经常是在 50% 以上,个别学科甚至在 90% 以上。据说,全国医学学科的学位论文比例特别高,如果自己学校的学位论文不给优秀或者答辩分数不高,连工作都不容易找。于是,你好我好大家好,大多数论文都以优秀通过。至于是不是真正优秀,其实大家心中都有数。

文科呢,情况也好不到哪里去。因为文科比较容易走江湖,有的人的学位差不多是混出来的。人文社会科学要将一个问题研究深入一点,总要有相当的篇幅才能论证或阐释清楚。现在有的文科的硕士论文只有一两万字,比我过去写的学士学位论文还少;博士论文的篇幅比台湾地区许多硕士论文还薄许多,让人感到从内容到形式都没有分量。但是,一个个都拿到了博士和硕士学位。

古话说:学好如登,学坏如崩。要让学位论文总体水平掉下来太容易了,而要让其再升上去可太不容易了。当然,仅仅实行匿名评审很难真正提高学位论文的水平,但可以防止最坏的情况出现,即让学位论文达到最起码的要求。

另外,现在不少课题申报也实行匿名评审,好处自然也是防止人情的介入。课题的匿名评审最应看重的,一是选题,二是"前期研究基础及资料准备情况",其他任你说得天花乱坠,都不如这两个因素重要。例如,有的课题论证说:"本课题负责人毕业于某所著名的'985 工程'大学,获博士学位。攻读博士学位期间曾参与国家级课题 3 项、省部级课题 2 项。近年来发表高质量学术论文 12 篇,参编专著 1 本。"但是因为匿名,无法核实其真实性,为一些夸大其词者钻空子,致使部分根本没有研究基础的申报者获得了立项。当然,有的课题申请人长期从事某一方面的研究,发表了大量相关研究论著,并列出了代表性论著目录,只是省略的作者名称,用百度便可以轻易地搜索出作者为何许人。

更有甚者,还有在人文社会科学科研成果奖的评审中也实行匿名的,这对名不见经传的作者还有点意义,对著名的学者,特别是著名的成果,那是毫无价值,匿名只能说是形式,或者说有点类似于"蒙眼游戏"。由于真正突出的科研成果到报奖的时候,多数同行专家都已经知道是谁做出的,因此成果奖的评审没有必要实行匿名。

(原刊《科学新闻》2012 年第 1 期)

都是排行榜惹的祸

"I"是什么？I是罗马字母的"一"，是英文的一个大写字母，是"我"。

都对，但还不够。因为近年来在东亚一些国家和地区的大学中，"I"还意味着发表论文的层次和分量，意味着考核级别奖惩标准，意味着工分奖金的多少、晋升机会的大小，代表着信心与前途、光荣与梦想、傲慢与偏见……

由于在核心刊物上的发文量是许多大学排行榜的重要指标，于是许多大学便集中导向在核心刊物上发表论文，尤其是在列入科学引文索引（SCI）、工程引文索引（EI）、社会科学引文索引（SSCI）与中国社会科学引文索引（CSSCI）、台湾社会科学引文索引（TSSCI）的刊物上发表论文。这些刊物关键都在最后一个字母"I"，即英文Index（索引）的头一个字母。在量化考核的科研管理体制下，"I"是高校管理者便捷明了的评价指标，是让有些教师得意有些教师头痛的魔咒，是让有些人痴迷有些人癫狂的符号。

现在中国大陆和台湾不少大学的管理部门都陷入大学排行榜的迷思。2010年10月，我第八次到台湾，出席两个教育学方面的学术会议，了解到比两年前我去台湾时，许多大学唯"I"是求的情况更为普遍。以在"I"刊物上发表论文来考核评价大学教师，教师整天都"哀哀叫"，甚至有人见面戏问"最近你I了没有"？

两岸许多大学都具有急功近利的赶超心态，两岸学者在SCI和SSCI等算数的国际刊物上的发文量都呈直线上升，台湾因为大学教师的英文水准普遍较好，按人均产出"I"的数量来说，远比大陆为多。台湾大学等也因为致力于此，在世界大学学术排名中的名次不断前进。

我算是较早关注SSCI的大陆学者了。由于是学历史出身，写论著比较重视引注参考文献，1990年之前，我就知道有这么一种社会科学引文索引。1993年由国家公派留英半年，在伦敦大学东方学院做访问研究时，我便到图书馆去看过这玩意，翻着一本本浅黄色的大厚本SSCI，感觉英文世界的学术索引工作做得实在细致。现在一般人都依靠网络便可以查阅 SS-CI 了，当时根本想不到 SCI、SSCI 今天会有让两岸许多学者迷狂的魔力。

由于部分大学排行榜注重科研数量，特别偏重自然科学方面的产出因素，因此以理工科见长的大学在排行榜中的位置往往占优。例如，在上海交通大学的"世界大学学术排行"中，在 *Nature* 和 *Science* 两种世界顶尖期刊上发表论文折合数占 20％的权重，获诺贝尔奖和菲尔兹奖的校友数占 30％的权重，而除经济学方面以外，获奖指标基本都属自然科学方面。从 2004年开始，该排行榜对纯文科大学，不考虑 *Nature* 和 *Science* 指标，其权重按比例分解到其他指标中。但多数大学并非纯文科大学，因此该项指标仍占极大权重。科学引文索引（SCI）与社会科学引文索引（SSCI）也占到 20％的权重，而社会科学引文索引（SSCI）的论文数量根本无法与科学引文索引（SCI）相比，更何况 SSCI 主要以英语类刊物为多。

虽然近年来上海交大的"世界大学学术排行榜"有所改进，例如从 2005年开始对文科的论文赋予较高的权重，2007 年 2 月公布了理学、工学、生命科学、临床医学、社会科学等按学科大类的世界大学排名，但因为强调以国际可比的科研成果和学术表现作为主要指标，强调排名数据来源的客观性和透明性，而各国人文社会科学的贡献较难比较，也很难有可公开检验的数据，因此，该排行榜还是没有根本改变学术影响中偏重理工科的局限。而受英语霸权束缚的问题，在英语还在朝"准世界语"地位发展的情况下，看来各种世界大学排行榜都难以解决。

因为"应榜办学"，诺贝尔奖没有希望，现在国内有的大学便对师生在全球顶级学术刊物 *Nature* 和 *Science* 上发表论文实行"天价"奖励。对文科教师来说，在 *Nature*、*Science* 上发表也不大可能，剩下能够努力的，就只有追求各种"I"了。

大学排行榜利弊兼具，也有其积极意义，但消极影响确实不小。它加重了大学重科研轻教学的倾向，并导致许多教师只重期刊论文，只重英文论文，特别只重美国期刊的论文，而相对不重视出版著作，对在著作中撰写某一章节更是不感兴趣。人文社科研究本应与社会现实结合起来，关注人、关注社会，而不是在 SSCI 的指引下去做研究，这样仅仅是为了发表论文而做研究，无益于当地社会发展和人民福祉。

实际上，在美国，许多大学教师反而不太关注 SSCI，也很少大学有非在"I"刊物发表论文不可的要求，对"I"最为推崇的可能就是两岸的大学了。不久前，台湾政治大学法学院副院长郭明政教授在《联合晚报》上公开批评教育主管部门和大学陷入排名迷思，不该将学术用论文量化。SSCI 只是一个商业机构数据库，过度量化的评比标准，根本无法代表学者在学术上的贡献，大学排名还把这样的指标当成重要评量，一窝蜂地追逐排名，对学术来说，是一大伤害。

看来，大学中的不少问题追根溯源，都是排行榜惹的祸！

回到本文开头的问题，"I"是什么？还可以这么说："I"是核心刊物编辑们手中奇货可居的稀缺资源，是套在许多大学教师头上的紧箍咒。多个"I"连在一起，有如晋升和考核道路上必须跨越的一道道栏杆……

（原刊《科学时报》2011 年 3 月 1 日"海峰随笔"专栏）

汉字的繁简与规范

关于汉字的繁简与改进问题,近年来有许多争论。尤其是 2009 年 8 月 12 日教育部就刚刚研制出的《通用规范汉字表》面向社会公开征求意见,计划恢复 51 个异体字,并调整 44 个汉字的写法,结果引起网友反对声一片,认为此举纯为"折腾人",而 30 多位文字学家也呼吁叫停该表。9 月 10 日教育部有关负责人表示,汉字规范书写等级标准是推荐性标准,不会强制执行,更不会引入到升学、毕业等考试中。

这次《通用规范汉字表》征求意见引起强烈反弹,不再强制推行,体现出多数人在使用汉字方面相当尊重现实,表明在互联网发达和民众意见可以充分表达的时代,除非得到广泛的支持,否则少数专家的意见已无法用行政的手段强力推行。

而且,我认为,这次事情的反复还标志着汉字简化趋势的最后终结。1977 年 12 月国务院公布第二批简化字后,到 1986 年国务院又不得不收回成命,宣布废止《第二次汉字简化方案》。而这次连这么微小的字型笔画调整都无法实行,可以想见,今后已不大可能推行比这更大的汉字简化改动,汉字简化道路可以说已经走到了尽头。

虽然此事已暂时告一段落,但汉字繁简问题的争论并不会就此结束,还将长期延续下去。因为自 1956 年公布实行简化字、1964 年审定通过《简化字总表》以后,遗留下的一些问题并没有解决。

在我的办公桌边墙上,贴着一张 2009 年的年历,这是一家高教研究刊物夹在寄赠刊物中的年历。该年历的农历干支纪年印着"己醜年",每次我看到这个"醜"字,都觉得很丑,眼睛感到似乎给刺了一下。这是编印者想将简化字改为繁体字时出现的错误。过去,丑陋的"丑"的繁体是"醜",而子丑寅卯的"丑"原本就是"丑",在简化之后,将两个字合而为一了。结果,一些人不了解,因而造成了误用。

类似的情况还有"后"字。在繁体字时代,王后的"后"本来就是如此,但

"后来"的后字繁体写法为"後",现在有的人使用电脑将简体字转化为繁体字时,将"皇后"、"皇天后土"的"后"字也化成了"後",也是犯了同样的错误。

还有一个常见错误是将"乾嘉学派"和"乾隆"的"乾"字简化为"干"字,于是出现"干嘉学派"、"干隆"这样令人啼笑皆非的词组来。此类情况还有一些,不必一一列举。

经过简化之后,汉字的书写是简便许多了,要使早已习惯简体字的大陆民众回归到繁体字显然不现实。在相当时期内,还是应该坚持简体字的文字政策。但我觉得对繁体字也应该宽容一些,不要将繁体字视为洪水猛兽。在主流报刊上或教材中规定使用简体字,而如果民间的店铺招牌或一些场合使用繁体字,就不必像过去那样将其赶尽杀绝,非要将已经做成的繁体字拆改不可。

就像中学教学一般都用简体字,但在高考中若有考生用繁体字答卷,我想一般评卷教师不会去扣分,可能还会觉得该考生的文化素养颇高,因为现在连作文用古文书写都还能得到更高评价呢!如果今天有哪位 60 岁以下的大陆知识分子能够流利地书写繁体字,我对他或她还真会心存相当的敬意。

文字不仅具有表达思想的功能,而且还有传承文化等功能。在电脑逐步普及之后,笔画的多寡已不是书写的主要问题。提倡识繁用简,对传承中华文化、提高人文素养、拉近两岸距离有好处。何况总体而言,繁体字的结构还是较为美观,因此人们练毛笔书法多喜欢写繁体字。

笔画的多少对人们阅读或理解的难易会有些差异,但相比较而言,英文字词的加入比汉字繁简问题对民众造成的困扰要大许多。近年来,大陆的报刊和网络流行起直接使用英文词语。如果是在个人博客中使用也就罢了,问题是现在连一些主流媒体的新闻报道也经常使用一些英文缩写字母。例如,GDP 以外,近两年又时兴用"CPI"了,这是"消费者物价指数"的英文缩写,除了专业人员以外,到底有多少平民百姓懂得这些缩写字母的意思?许多地方报纸的报道,大标题就出现 CBD、BRT 等,全文找不到任何中文解释。别看 CPI 之类的英文缩写字母的笔画很少,但对多数中国人而言,它们比一组繁体字更像阅读的拦路虎。这一现象的出现,根子还是一些官员和采编人员故作专业和崇洋的深层心理在作祟。

　　简化或复繁只牵涉到汉字笔画量的增减，在计算机"键盘码字时代"其重要性已不像以往那么突出；洋字的入侵却关系到中文质的变异，在民族文化复兴和文化自觉的大背景中尤其显得触目惊心。

　　因此，汉字的规范不仅要注意繁简问题和书写顺序，更应关注外来字词的使用规范。否则，任由洋字在媒体中泛滥，将来中文可能会变得四不像。

　　至于汉字繁简之争，不管将来发展和结果如何，目前我要先做一件事：虽然离年终只剩两个多月，为了保护眼睛和身心健康，"目不视恶色"，我决定，一写完本文，就立即将墙上这张难看的"己酏年"年历换下！

　　（原刊《中国教育报》2009 年 10 月 26 日）

读书心得

凤凰树下随笔集

大学生与经典阅读

　　大学生应该进行通识教育或文化素质教育,现在已成为高等教育界的共识。在通识教育中,经典阅读是一个重要的方面。

　　所谓经典,就是指具有典范性、权威性、经久不衰的传世之作,或者说是经过历史选择出来的最有价值的、最能表现本行业精髓的、最具代表性的作品。用更通俗的表达,可以说经典就是历经时间的考验被人们公认为伟大的作品。

　　经典作品曾参与人类历史和文明的塑造,对社会历史进程产生过重要的影响,是人类优秀文化的记录与保存。阅读经典,犹如与历史上的伟人对话,与孔子、司马迁、苏东坡、柏拉图、巴尔扎克、托尔斯泰等许多文化巨人做朋友。

　　然而,由于过去过于强调专业教育,对人文教育相对忽视,为了应付各种各样的考试、升学的功利性阅读,往往占据着大学生的主要学习时间。而随着多媒体教学手段的不断普及,以及对大众娱乐文化兴趣的不断增加,大学生将大部分时间用在看电视及上网上,很少有时间和心思用来阅读经典。

　　浏览网络或报刊自然较为轻松随意,不必用整块的时间,也不必静下心来,随时随地可以进行,而且可以获取最新信息。但这类文字良莠混杂,精彩的文字往往淹没在大量没有多少价值的信息之中。许多文字的思想深度与精彩程度远不能与经典相比。

　　有一种说法:你要得点新意,你就去读旧书;你要看老生常谈,就去读新书。当今每天都产生海量的信息,每年也出版大量的新书,但有许多是以功利为目的和市场诉求的"剪刀加浆糊书"或速朽的书,读后如过眼云烟,甚至坏人胃口。

　　速朽的书与藏之名山的经典大不一样。现在有不少快速生产出来的书,经历大概就是从印刷厂出来,不久就回到造纸厂的过程。有些论文甚至只有作者和责任编辑两个人看过,或者再加上半个人,即主编大体浏览过。如果有谁去读的话,大概只读过标题,至多是内容提要。

　　阅读经典名著与浏览一般书刊所形成的知识结构不一样,前者的知识结构好比由大石块垒成,后者的知识结构好比用小石头堆成,其基础的厚实程度是有差异的。经典著作有如巨石,由巨石垒成的城墙与由小石头堆成的墙体相比,其牢固性和承受力大不一样,巨石对高楼的地基具有决定性的作用。这就像文化盛宴与快餐小吃的区别,总是处在快餐文化之中,很难形成厚重的基础和雄浑的气魄,与伟大更是相去甚远。

　　经典是耐读的书,是开卷有益的书,是值得不断重温的书,是很难穷尽其意义的书,是每读一次都会有新收获的书。经典就是经典,永远都不会过时。为什么说"半部《论语》治天下",就是因为其中蕴含着深刻的道理,可以不断从中吸取智慧和营养。

　　阅读经典好处多多。阅读经典,可以和伟大的心灵展开对话,感受崇高灵魂,可以激发向学的动力,可以汲取前人的智慧,拓展自己的人生视野。阅读一些世界名著,对人生会有更深刻的理解。像《悲惨世界》、《战争与和平》、《红楼梦》那种深刻和大气,像《老子》、《孙子兵法》、《四书》那样精练和富有哲理,在当今一些文化快餐作品中很难见到。

　　世界名著对人生意义的探求,对社会的剖析远非一般的书刊或影视阅读、网络博客等许多快餐式阅读可比。关于这点,我自己便深有体会。由于十分爱好文学,我读厦门大学历史系本科时候,往往只是用部分精力应付课程学习和期末考试,但却如饥似渴地读了许多世界名著,并做了大量的读书笔记。读这些书不见得会有立竿见影的效果,但从长远来看,一定会有收获,可能一生受用无穷。因为读过的书,不知不觉之间就成为你的知识宝藏和精神血肉,成为自己的知识与能力、智能与气质,就像吃下的饭菜消化、吸收之后成为你的体能或力气一样。

　　临渊羡鱼可能促使人们回头织网。阅读经典不见得能使人达到崇高,但至少可以接近崇高,因为近朱者赤,近墨者黑,"法乎其上,得乎其中;法乎其中,得乎其下"。

　　　　（原刊《中国教育报》2010 年 1 月 4 日）

刘海峰在阅读（1995 年 4 月）

尽信网则不如无网

过去说"尽信书则不如无书",在互联网发达的时代,我认为应提醒人们:尽信网则不如无网。

计算机的广泛使用,为各行各业提供了极大的方便,网络便捷、高效,极大地拓展了人们的视野和交流空间。"坐地日行八万里",人们仿佛具有了千里眼和顺风耳,真正做到秀才不出门,能知天下事。于今,如果一个知识分子不使用计算机和网络,不说落伍的话,至少工作效率是很难跟别人比了。

从前做学问的人必须一页页地披阅典籍、抄写资料卡片,现在随着许多大型典籍的数字化和使用计算机进行写作,抄写卡片这种治学方式已经很少人使用了。20世纪80年代我读研究生时,曾抄写了几个抽屉6000张以上的资料卡片,现在也已很少翻看。我猜想,"80后"或"90后"的学生看到那些资料卡片,大概会有像当代人看发黄的线装书的感觉。

确实,从期刊网上查找论文、从搜索网站上搜索、整合相关信息,远比一本本地翻书来得全面和迅速。我跟研究生讲研究方法专题课时,作过如下比喻:查阅纸质书刊有如收割粮食时使用镰刀,而网络搜索有如使用大型收割机,速度何止提高百倍。放着功能强大的工具不用,只能离学术前沿渐行渐远。

然而,网上阅读毕竟没有翻阅报纸和书刊那种书香的感觉。而且,网上消息海量,更需要经过一个去伪存真、去粗取精的筛选过程,才能为我所用。资料—信息—知识—智慧,是不同质的四个阶段,如何将初级的资料变化成最终的智慧,首先需要提高自己的鉴别能力,善于取精用宏,厚积薄发,再加以提炼和思考。

网络与实体不一样,属于虚拟空间,这是其本质属性,因此网络不可不信,也不可全信。许多人有过教训之后,才明白不能太迷信网上的介绍。例如,有些网页对某一机构或活动的介绍内容早已过时,没有及时更新,或者是已经废弃不用的消息,但从网络上看不出是死了的信息,如果你还按图索骥去实地找寻,只能无功而返。

论著的引文出处能够参考纸质文本的应尽量不采用网站标注。不像白纸黑字无法更动,许多网络上的资料过了一段时间后会消失或更改。如果引证这样的网址的话,就无法查证。当然,随着网络的日益普及,论著引文注释采用网址的情况还会逐渐增多,但做学问的人还是应明白:网上得来终觉浅,觉知真义要查书。由于网络上文字的错误比例要远远高于纸质书刊,若采用网上下载的资料,为慎重计,还是要认真查对纸质原文。

另外,收集资料应该由近及远,先将"窝边草"吃尽,再逐渐扩大收集的空间范围。有的研究生做学位论文,舍近求远,连自己所在学校图书馆有多少家底都不清楚,就急着外出查找资料,千辛万苦调阅复印,或者好不容易通过馆际互借复制的书籍,其实在本校图书馆就有原本。因为有部分老书的目录还没来得及上网,或不宜上网,一般学生又不知道或不习惯去查阅书目卡片,或以为那些卡片都是毫无价值的老古董,结果花了十天半个月从外地图书馆将书调阅过来,做的却是事倍功半的事。

还有,与互联网相关的现代化教学方式,是广泛使用投影仪等多媒体教学仪器,特别是使用 powerpoint 的演示文稿。但是,有的演示文稿既体现不出 power(力量),也没有 point(观点)。现在有的高校在教学中出现了过度依赖演示文稿的现象,一旦遇到计算机或投影设备中的某一环节出问题,主讲者就束手无策,无法上课。也有的研究生作论文报告或中心发言习惯于一字一句将屏幕上的文字念下来,过去的照本宣科变成了"照屏宣科"。其实,使用多媒体演示方式只是一种手段,目的在于调动听讲者的视觉、增加演讲的效果,但更重要的还在于人的思索和表达。

因此,在计算机网络时代,离开网络不行,离不开网络也不行。

（原刊《中国教育报》2009 年 4 月 27 日）

谈"秋水共长天一色"

"落霞与孤鹜齐飞,秋水共长天一色"是王勃《滕王阁序》中的千古名句。对于句中的"色"字,大多数选有此作的选本都未予以解释,而少数有解释的选本却又把"色"字解释为碧蓝色。如《古文观止》释曰:"秋水碧而连天,长天空而映水,故曰一色。"《中华活页文选》释为"秋水碧绿,与天色相连,而蔚蓝天空又反映水中,水天形成一色"。张㧑之《唐代散文选注》也解释为"清澈秋水,与碧空相映,形成水天一色"。我认为这里的"色"字并非一般的绿色或蓝色,而是鲜丽明快的橙黄或橙红色。

王勃应邀在滕王阁上宴饮作序是在九月九日重阳节,文中"烟光凝而暮山紫"、"渔舟唱晚"等句又点明了时间为傍晚时分。当时是"虹销雨霁,彩彻区明"(一本作"彩彻云衢"),即长虹消散,天空彩霞照耀,一片鲜明;紧接着"落霞与孤鹜齐飞"句中的"落霞"二字更说明了天空飘浮着彩霞。我们知道,晚霞是日落前后日光斜射在天空中,由于空气的散射作用而使天空和云层呈现黄、橙、红等彩色光象。秋夕雨后,因为天空中充满水汽,因此晚霞特别容易出现。《滕王阁序》中描写的正是晚秋夕阳西下前后这种满天霞光的辉煌景象。天上灿烂的红霞反映到水上,水面也是一片五彩缤纷,浮光耀金,正是"秋水共长天一色"!显然,这和《岳阳楼记》描绘的"上下天光,一碧万顷"的景色是大为不同的。

(原刊《文史知识》1983 年第 6 期)

"窈窕淑女"别解

　　"关关雎鸠，在河之洲。窈窕淑女，君子好逑……"《周南·关雎》这首诗列为《诗三百》之首，历来脍炙人口。诠释者代不乏人，对其中"窈窕淑女"句更是众说纷纭，林林总总，然而大多注释似乎皆失之偏颇。

　　"窈窕淑女"，或者释为美丽、苗条，如《新华词典》释为"形容女子体态好看"；高亨《诗经今注》曰"容貌美好貌"；余冠英《诗经选》、周满江《诗经》皆将此句释为"好姑娘苗苗条条"，这是专指体态容貌方面。或者释为幽闲贞静，如朱熹《诗集传》："窈窕，幽闲也"；林庚主编《中国历代诗歌选》释为"幽闲的样子"；江荫香《诗经译注》则释为"称赞女子幽静的品格"；陈子展《诗经直解》为"幽闲深居的好闺女"，这是专指品德性情方面。而王力《古代汉语》则笼统释为"美好的样子"。其实，披阅典籍，即可发现"窈窕"一词既指容貌体态美丽，也指品德善良贞静，兼有两方面的含义。

　　西汉扬雄《方言》卷二载：关于"艳美"，"陈楚周南之间曰'窕'。自关而西，秦晋之间，凡美色，或谓之好，或谓之窕"。又说："秦晋之间，美貌谓之娥，美状为窕，美色为艳，美心为窈。"由此可见，先秦至汉代，窕是指"艳美"、"美状"，即体貌艳丽；而窈是指"美心"，即心性美好，"窈窕"则是指身心皆美。唐欧阳询等编《艺术类聚》卷十八《人部·美妇人》在引《方言》这段话后，紧接着又引"《毛诗》曰：'窈窕淑女，君子好逑'"加以说明，这表明《关雎》"窈窕"一词，应该用"美状为窕，美心为窈"作为解释。

　　类似的例证还能找到。《广韵》卷三载："美色曰窕。"《毛诗郑笺》卷一注曰："王肃云：善心曰窈，善容曰窕。"这里更清楚地指明"窈窕"既指美好的容颜，又指美好的心灵。唯其如此，故窈窕一词不仅用来形容女子，有时也可形容品貌兼优的男子。古诗《孔雀东南飞》："还家十余日，县令遣媒来，云有第三郎，窈窕世无双"，便是一条明证。这里"窈窕"仅释为体态好看或品格幽静皆是不妥的，只能作品貌双全解。

　　因此，用现代的话说，"窈窕淑女"是指心灵美和外表美统一的贤淑女子,即心地善良、性情贞静、体态婀娜、容貌美丽的女子。而且,心灵美还是第一位的,难怪好逑君子会"辗转反侧","寤寐求之";也难怪孔子说《关雎》"乐而不淫"了。

（原刊《文汇报》1999 年 8 月 22 日）

"掉头东"新解

"大江歌罢掉头东,邃密群科济世穷。面壁十年图破壁,难酬蹈海亦英雄。"

对周总理这首述志诗首句中的"掉头东"之意,说法不一。有的同志认为是指从东方掉头回国,有的同志认为"掉头东"是借用杜甫《送孔巢父谢病归游江东兼呈李白》一诗中"巢父掉头不肯住,东将入海随烟雾"的典故。(见《社会科学战线》1981 年第 3 期)我认为周总理这首脍炙人口的诗中的"掉头东"三字并非来源于杜诗,而是直接受到梁启超诗《去国行》的影响。

1898 年 9 月,梁启超在戊戌变法失败后,为了逃避清政府的迫害,东渡日本。到日本后不久,梁写了一首著名的《去国行》古乐府诗:"君恩友仇两未报,死于贼手毋乃非英雄。割慈忍泪出国门,掉头不顾吾其东! ……披发长啸览太空,前路蓬山一万重,掉头不顾我其东!"(诗见梁启超《饮冰室文集》)诗中两次强调出现了"掉头不顾吾其东"之句。

周总理东渡日本前在天津南开学校读书时,曾读过梁启超的《饮冰室诗话》、《饮冰室文集》和梁启超主编的《新民丛报》等书刊(参见怀恩《周总理的青少年时代》),梁启超的诗文对少年时代的周总理是产生过影响的。梁启超有一首《自励诗》云:"献身甘作万矢的,著论求为百世师。誓起民权移旧俗,更研哲理牖新知。"周总理到日本以后,还曾抄录了梁这首诗赠友人。

1917 年周总理同样辞别祖国,乘船东渡日本,此情此景与梁启超东渡日本确有相似之处。因此,周总理留学日本时写下的这首诗,借用梁启超的"掉头不顾吾其东"也就很自然了。当然梁启超的《去国行》是表达要继续变法维新的志向以及发泄"君恩友仇两未报"的愤恨心情,而周总理的"大江"诗则表达了一个革命者为"济世"救国,为中华重新崛起腾飞而求学奋斗的雄心壮志。"掉头东"具有了全新的含义。

(原刊《厦门日报》1982 年 10 月 16 日)

带着问题读书

常言道:开卷有益。然而,仅仅一般翻阅还不够,要提高读书效率,在同样的时间内取得更多的收获,还需抱着目的,带着问题去读书。这样在阅读时就会注意查阅,这时他的眼光格外敏感,遇到有关的重要材料或论点便会加以分析摘取。相反的只是浏览,把读书作为度光阴,不管书中有何重要问题,都会如过眼烟云一般溜掉。晋代有个叫傅迪的人,"好广读书而不解其义",结果被人称为"书簏"(《晋书·刘柳传》)。这种"书簏"就是没有什么目的,仅仅因为喜好读书而读书,当然不会有多少获益和成就。

带着问题读书有两点好处。首先是善于选择书籍,弗兰西斯·培根说:"书有浅尝辄止者,有可吞咽者,有供咀嚼和消化者。"明确了目的,知道自己是为了解答某方面的问题,寻找某方面的资料,便能在茫茫书海中迅速选择自己所需要的书,也就能处理好精读与博览的关系,知道哪些书该咀嚼和消化,那些书只需浅尝辄止。这样才能提高阅读效率,使知识系统化。

其次,带着问题读书,目光会特别敏锐,很能提高思维能力。所谓不会读书,书面是平的;会读书,字句都会浮凸出来,就是这个道理。若无所用心地翻阅,只觉得一切都平淡无奇,无关紧要;而为了寻求某个答案或某种材料,一旦遇到这方面的片断时,你便会觉得那些字句跃然纸上,分外醒目,弥觉珍贵了。苏东坡说读书要如八面受敌,每读一遍专求一事,即专门带着某一问题去看,则所有这方面的材料都不至于从眼前漏掉。

因此,仅仅好读书而不求甚解是不够的,我们在读书时,脑子里应该装着几个问题,有如高度灵敏的探测器,一遇有关资料便引起注目。

(原刊《厦门日报》1984 年 4 月 30 日)

东京购书感悟

过去已有不少中国人撰文谈到日本东京的旧书店，谈到在神田书店街廉价买到旧书的兴奋心情。我的经验却与此不同，当你用高价获得心仪已久的绝版书后，可能会有另一种快乐和感悟。

在图书流通不太顺畅的体制下，对部分学者而言，可能有时买书比出书还更难。写书可以根据自己的时间和计划掌握进度，也可以选择专题和写法，主动权在自己。虽说出版不易，但多数人经过各种努力或周折，甚至交出版费，只要是好书稿，最后总能找到一家出版社使其面世。买书则不然，主动权不在自己，由于发行渠道不畅，或者因学术书印数太少且时过境迁，有些你梦寐以求的书籍，任凭你有再大的本事"升天入地求之遍"，"上穷碧落下黄泉"，还是"两处茫茫皆不见"，多少年都无法获得。因此，在一定意义上，对部分人来说，可能存在买书比出书还更艰难的情形。

因研究"科举学"之需，多年来我力图将世界上各种文字出版的有关科举的原版著作收罗齐全。为买到 1958—1985 年之间中国出版的 8 种科举研究专著和史籍，我曾在 1994 年 3 月 31 日的《旧书交流信息报》上刊登过求购信息，愿出原书 5 至 10 倍的价钱购买，但最后只获得两本。其中一本为上海古籍出版社 1978 年出版的《唐摭言》，是黑龙江鸡西日报社的滕范杰先生寄来的，他原意要赠送给我，但我还是寄去 10 元钱以聊表感谢之情。为此，《旧书交流信息报》1994 年 6 月 30 日还刊出一则消息《刘教授以原书 20 倍购买〈唐摭言〉》报道此事。不过，我最想买的几本书却迄未获得。例如，1987 年浙江古籍出版社出版的钟毓龙《科场回忆录》一书，原价 0.60 元，现在即使以 100 倍的价格也不见得买得到；中华书局 1961 年出版的商衍鎏《太平天国科举考试纪略》，原书价格仅 0.40 元，现在愿以 200 倍的价格求购，可也就是买不到。尽管这些书在厦门大学图书馆中都有多本，然而我又不愿像个别人那样将书从学校图书馆中借出来，然后报失，以交 10 倍或 20 倍的书价罚款将旧版书据为己有。虽然自己每年都有许多机会到中国一些大城市开会和讲学,且每到一处有空总以逛书店为外出的首选,但还是有许多书始终无法寻获。

由于有过此类艰难的购书经历,所以当我在东京许多旧书店看到价格不菲但琳琅满目的旧书时,便感到格外的高兴。2000年,我作为厦门大学与日本创价大学的交换教师,在创价大学教育学部访问研究半年。创价大学坐落在东京都八王子市,乘汽车再转地铁到东京市区神田街总得近两个小时。第一次到东京市区我就直奔神田街。虽然早就听说东京神田街旧书店的名声,从一些文章中对其情况也有一定的了解,可当我真正置身于一家家鳞次栉比的旧书店,看到那分门别类排列整齐的珍贵旧书时,内心不仅觉得兴奋,甚至还有点震动。神田街的许多书店分工明确,颇为专业,我关注的是有关中国关系或东洋史问题的书店,一些较大的如一心堂书店、奥野书店、南海堂书店、一诚堂书店、山本书店、东方书店、岩南堂书店等,图书分类摆放得非常清楚整齐,连一些20世纪二三十年代的旧版书都还不少。日本的学术书一般都出精装本,并加有灰黄色的硬纸壳的封套,封套颜色因年代久远而变深变旧,但里面的书却往往保护得很好。对旧书分类如此细致,保护得如此之好,确实有利于保存文化和传承学术。

众所周知,日本的物价尤其是东京的物价高得惊人,日本书价之高在世界上也是首屈一指。书的价格是十分贵,但一般人基本上总能找得到自己所需要的书籍,在东京我买到了几乎所有日文出版的科举研究著作,包括宫崎市定的《九品官人法研究(科举前史)》、《科举史》、《科举——中国的考试地狱》,以及程千帆先生《唐代进士行卷与文学》的日译本(书名改为《唐代的科举与文学》)等十余种。所购多数是新书,但给我留下最深印象的却是犹豫再三之后才买下的一本旧书——荒木敏一所著的《宋代科举制度研究》,因为它实在太贵了。

日本一般的普及型大众化的旧书比原价低很多,但一些绝版的旧书则比原价高许多倍。例如这本东洋史研究会1969年出版的《宋代科举制度研究》,正文463页,即使加上前言、目录、索引也不到500页。可就是这么一本外表普通的学术书,因为是绝版,岩南堂书店的标价竟高达46000日圆,按2000年当时的汇率,相当于人民币3300元左右,还要加上5%的交易税。如此高的价格,对一般中国大陆学者而言,确实不容易下手。到图书馆借来复印是很简单，我在 1993 年在伦敦大学东方学院研究"科举西传"问题时，就已复印过此书的部分章节。但我既然研究"科举学"，即使同一本书的不同版本都在收集之列，想搜寻的就是原版书。经过讨价还价，得知最多只能降价 1000 日元，因此一时不愿买下。此后几次再去东京市区，根据《神田古书店地图帖》按图索骥，跑遍了附近所有 200 余家书店，发现只有 3 家书店有售《宋代科举制度研究》一书，且都是 46000 日元的价码，我才确信此书的价格就是这么高，从事旧书的同业对绝版书都有一个基本相同的市场价。在意识到除非自己不想买，否则就得在这个价位才能成交之后，最后我还是下定决心回到岩南堂书店将此书买下。

　　书买回创价大学住处之后，我从未告诉其他人这种"荒唐事"，因为担心其他中国访问学者对买贵得离谱的书难以理解。甚至至今我也未告诉家人买了这么贵的一本书。有时我也觉得，对花去普通人在日本一个月或当年在中国几个月的生活费去买一本旧书，用宝贵的外汇去购买日本的高价书，与社会主义初级阶段的中国国情似乎不相符。不过转念一想，自己待在东京是拿日方给的薪金，这只是以日本的钱买日本人写的书或以日文出版的书，目的是用来做中国的学问，也就心安理得了。而且，我还有点庆幸地认为，在东京的购书收获比预想的目标还高出许多，主要还是得益于日本旧书市场的高价格。正是因为贵，旧版的稀有珍贵之书才会最后落到真正需要或最想要它的人手中。由此自我安慰，便会以另一种欣慰的心情看待旧书价贵之现象了。

　　在东京购书之后，我最深刻的感悟是，对旧书高价应作如是观：总有一部分人宁愿价格高而买得到书，这比旧书很便宜但却买不到书更好。只要是稀少的书，不贵的话书就无法收购进来，便宜的话早就被一般人买走。绝版书高到一定价格，才会使并不是太需要的人拿出来流通。旧书价格便宜的好处大家都知道，但正因为便宜，每个读书人都只想去淘旧书，除了少数经营旧书的业者外，一般人特别是从事学术的人都不愿意将买来的旧书再转卖出去。相当部分人都这样只买不售，难怪一些印刷量少的旧书在市面上总是见不到踪影。而且，旧书太便宜的话，经营旧书的业者很难有大的发展。我悟出了这么一个道理："贵，但是值得"也是一个经营之道。在走向全面小康阶段的中国，知识分子不仅人数空前增加，而且有越来越多的人愿意用比原书更高的价钱去购买自己想要的旧书。因此,中国的旧书业在以低价服务广大读者的同时,是否也可以兼从另一个角度考虑其发展可能?

经过在东京的购书体验,我还有另外一个发现,即可以在那里买到一些早年出版但在出版地已买不到的图书。友人转送了一本《东京 23 区书店、图书馆完全指南》,内中包括了大东京市所有书店的名录和坐落简图。由此,我又扩大搜寻范围,将大东京市与中国和韩国相关的书店跑了个遍。"科举学"是一门国际性的学问,以英文、法文、德文、意大利文都出版有科举研究著作,东方文字中、日、韩、越文也有不少相关专著。通过神田街附近的"高丽书林",我买到和订购到 10 本韩国出版的科举研究专著,其中有些十几年前出版的图书在韩国本地也不见得能买到。同时,我还买到了许多台湾早年出版的科举图书,如 1968 年出版的《清代鼎甲录》、1969 年出版的《明清历科进士题名碑录》、1976 年出版的《试律丛话》等等。由于两岸从事学术的人在 20 年间增加很多,有些 1980 年以前出版的书籍大家都想补充,而当时的印数不大,僧多粥少,因此有些书我几次到台湾都未能买到,甚至连住在台北的台湾学者都买不到。按现在大学教师的购买力,除了特大套的图书,一般的书都买得起,真正有价值的学术书,很少会在书店中停留 20 年未卖掉的。然而,在日本的一些书店中,因为书价高且需要的人不多,长年累月沉淀下来,故还存留不少 10 多年甚至 20 多年前出版的台湾和大陆图书,这就是为什么我还在东京的书店中买到许多中文书的缘故。所购之书价格比原出版地现在的书价还高一大截,但却是物有所值。

因此,产地不如聚地,"礼失而求诸野",这是我在东京购书的另一感悟。

(2000 年 11 月,未刊稿)

在日本东北大学大学院文学研究科演讲科举学后留影（2007 年）

遗憾的书脊"无人"

当今中国大陆出版的著作,有一种颇具"特色"的现象,便是许多书的书脊上见不到著者的姓名。

大凡一本书的封面设计,包括书脊的设计,文字方面应含有书名、著作者(或编者)、出版社名三者才算完整。可是,近年来面世的许多著作的书脊上却看不到作者的大名。谓予不信,您可到书店或自家的书架上去瞧瞧,插在书架上的书,有多少是不知作者为谁者?据笔者粗略估算,这类书脊上未印著者姓名的书大概占到近年出版书籍总数的三分之一至半数左右。有的书由于书名太长不易再挤两三个字才删除著者的姓名,这还可理解;有的书书名简洁,书脊上明明留有大段的空白却没有署上作者的姓名,就实在令人可惜。更有甚者,个别书连封面上也见不到作者的身影,只在扉页或版权页上小小的印着作者的名字。但是,另一方面,我们可以看到,封面、书脊文字设计三要素中的出版社名是极少被省略的。无论出版社的名称有多长,比作者姓名要多占多少空间,也是罕见忽略的情况。

在一定意义上说,这种见书不见"人"的现象是著作权意识淡薄的一种表现,也反映出一般作者的无奈。

然而从前出书可不是这样的。一些大书局宁可不在书脊上标上本社大名,也要设法让著者的名字出现在书脊之上,甚至对古人也是如此。例如过去商务印书馆出版的"丛书集成初编",无论著者名声大小,几千册书的脊背和封面上皆有姓名,实在是佚名的,则在书脊上印着"撰人不详"。书脊上虽然不见商务印书馆的踪迹,但照样在学术界和出版界赫赫有名。现代台港出版界也与此类似,即使书脊上要出现一长串丛书的名称、书名,也要想方设法摆上著者的姓名,甚至将出版社名称缩印也在所不惜。再看西文书籍,书名字母多数较长,可书脊再挤,也得缩小字号而将作者姓名印将上去,连二人或三人合著也多如此。这与现今中国大陆的书脊设计人为"佚名"形成强烈的反差。

　　没有著者的书脊是不完整的书脊。愿今后出版的著作书脊上这种"无人现象"逐渐绝迹。

　　（原刊《长江日报》1998 年 4 月 11 日）

品味高雅　历久弥新

学报被形容为大学的窗口，我认为称之为大学的脸面也很合适。她往往反映出一所大学的学术形象，是妍是媸，是高是低，一目了然。《厦门大学学报》作为创刊 80 年之久的老牌大学学报，底蕴深厚，且品味高雅，历久弥新。

在我的学术生涯中，与《厦门大学学报》哲社版结缘尤深。1985 年以来，自己的许多学术论文借助学报这块宝地得以面世，尤其是 1992 年发表的《科举学刍议》一文，更开辟一方新天地，2000 年还开始设立"科举学研究"专栏，使科举学渐成气候，走向海内外。现在回过头来看，有的人认为14 年前提出科举学，当时并非"显学"，倒是可以称之为"险学"，可见需有一定的学术勇气。我倒觉得《厦门大学学报》及责任编辑柯兆棣的胆识更不简单，对此我至今心存感激。如果我将来能够取得一定的学术成就，要我举出对自己扶持最大、最该感谢的学术刊物，那么无疑就是《厦门大学学报》。

同时，从 1990 年起，我还忝任学报哲社版编委。在与编辑的接触过程中，深深领教了编辑严格认真的态度，他们对论文的把关、修改、校对，往往比作者自己还更细致。也正是因为有这种精益求精的精神，《厦门大学学报》才能在全国众多学报中脱颖而出，取得骄人的业绩。值此 80 华诞，祈愿《厦门大学学报》保持本色，百尺竿头，更进一步。

（原刊《厦门大学学报》2006 年第 2 期）

名山事业　丹桂飘香

　　著作文章,在古代被称之为"经国之大业,不朽之盛事",而著书立说可以"藏之名山,传诸后人"。一个学者要将才华发挥出来,方能体现其人生的价值。而要将自己的学问展现出来,变成学术声望,主要的途径便是将思想、见解形诸文字,以论著的形式流布。在当今社会,酒香也怕巷子深,即使是"天生丽质难自弃",也不宜长期"养在深闺人未识"。真正要使著作广为人知,传之久远,还非得有出版社的依托不可。

　　就像中国古代著名的书院一般都有刻书的功能一样,现代中外高水平大学通常都设有出版社。而一个好的出版社,关键是要有特色,不求最大,但求最好。不一定要面面俱到,而要注重特色品牌。华中师范大学出版社在考试研究著作方面,已经形成了鲜明的特色,在全国具有颇大的影响。

　　因为研究科举学,我似乎与华中师范大学出版社有特别的缘分,不仅于2002年由该出版社出版了《中国考试发展史》,而且更重要的是在2005年8月又出版了《科举学导论》一书。作为个人专著,《科举学导论》是我走上学术道路以来已完成的10本著作中用力最深、最有分量者,或许也是将来影响最为久远者。华中师大出版社综合编辑室主任张红梅编审及社领导范军社长等颇为抬爱,约请撰写该书,这是促使我于科举百年祭前夕完成该书的一个重要因素。为催促和审校该书,红梅主任还专程来厦门大学驻守了一个星期,倾注了许多心力。为了一本学术著作如此偏劳,这在当今出版界中是十分难能可贵的。从责任编辑认真、细致的工作态度中,我看出华中师大出版社高效和水准。与《科举学导论》相配套,华中师大出版社还出版了我指导的两本博士学位论文修改而成的科举学著作,即张亚群《科举革废与近代中国高等教育的转型》、李兵《书院与科举关系研究》。由于合作相当愉快,因此双方都很愿意长期交往。

　　子曰:"君子疾没世而名不称焉。"若作者与出版社能够良性互动,必能使两者皆声名远播。在当今中国,出版社的敦促鞭策往往是学者写作的一大动力,我出的书也多数是受出版社约稿的推动而完成的。就文科学者而言,承接出版社的约稿有时比承担一个课题还管用。有的课题经费不多,做完之后便束之高阁,成果没有面世,社会效益便减却许多。而出版社的约稿往往是订有合同的,不能过于拖拉,加上是有订单后再生产,投入必有产出,动力自然较足。因此在繁荣中国学术方面,出版社功莫大焉。

　　华中师范大学出版社,有如一株经历二十年成长的丹桂,洋溢着浓郁的芬芳。只要耕耘得当,精心养护,更会香飘四海,嘉惠学林。作为一名外地作者,我的印象与感受是:桂子山上,尽是书香;瞻彼华中,心驰神往。

　　　　(原刊《华中师大报》2005 年 12 月 6 日)

刊以文重　人以刊重

著名的学术刊物通常需要经过几代人的努力,才能够成规模、成气候、成品牌。经过 200 期的积淀,《社会科学战线》可以说期数成规模、影响成气候、刊名成品牌了。

1978 年 5 月,吉林社会科学院开风气之先,出版《社会科学战线》这份集文史哲经于一身、融古今中外于一冶的大型综合性学术期刊。从创办开始到 20 世纪 90 年代,《社会科学战线》都是中国少有的大型学术刊物。后来各类学术刊物大大增加,特别是新世纪以来,大容量的刊物也越来越多,从厚度来说,《社会科学战线》已经不是那么鹤立鸡群了,但她一直保持特色,坚持"沉稳、厚重、深刻、典雅"的风格。不像有的刊物,从页码到风格,前后变化很大,而《社会科学战线》的内容也与时俱进,不断创新,但页码一开始就很多,封面也一直用清新典雅的国画,风格仍守望传统,追求卓越的目标始终如一。厚重是《社会科学战线》最主要的特征,刊物不仅厚,页码多,而且重,有分量,其内容让人感到相当厚实、厚重。现在若到校图书馆现刊阅览室去翻阅期刊,林林总总的刊物琳琅满目,令人眼花缭乱。不过通常我走到综合类社会科学刊物的架前,必定会翻看一下《社会科学战线》,特别是其中的史学与教育学栏目。因为自己从历史学出身,所以一向关注历史学栏目,因为后来在教育学界行走,所以自然关注教育学栏目。

要办好一份学术刊物,关键是要有好作者和好论文。在刊物、论文、作者三者之间,通过论文这一学术载体,刊物与作者互为依重,互动共生。作者需要有好的刊物发表论文才能产生学术影响,刊物需要有好的作者才能拿到好的论文。参照科举时代流行的一句格言"科名以人重,人亦以科名重"的说法,我们也可以说"刊物以人重,人亦以刊物重"。

"科名以人重,人亦以科名重"是在科举选拔了大量人才所以显得重要、人们因而高度敬重科举,科名与人两者之间长期良性互动之后形成的说法。龚自珍在搜集清朝四十九科登科录,充分了解二百年科名掌故之后也指出:

"科以人重科亦重，人以科传人可知"(《龚自珍全集》第十辑《己亥杂诗》)。也就是说，科举之所以被人们看重，是因为选拔出的科举人才相当优秀，而反过来，因为科举重要，凡是通过科举出身的人，都很容易声名远播，为人所知。2005年9月，李敖在"神州文化之旅"复旦大学演讲时，便借用龚自珍这句诗来说明大学与人的相互关系。我觉得，这句诗用来借喻刊物与人互为倚重的关系也很合适。因为刊物发表的论文的作者重要，跟着刊物也变得重要了，被人们重视了。同样的，如果一份刊物具有崇高的声望，那么只要在那上面发表论文，就比较容易获得学术界的认可，即"刊以人重刊亦重，人以刊传人可知"。在刊物与人(作者)之间，论文是联系的纽带，实际上可以说是刊以文重，人以刊重。

《社会科学战线》已经有着辉煌的过去和灿烂的现在，也一定会有光明的未来。如何使刊物百尺竿头，更进一步，相信许多编者和作者都有高见，笔者在此也略谈三点看法。

在百花齐放的刊物世界中，不像专业性刊物比较受到特定学科读者的重视，人文社会科学类的综合性刊物，如何持续让读者关注，是一个具有挑战性的问题。通常一期刊物都是按学科的分野列出互不相干的各个栏目，这样读者一般也就只浏览一下跟自己相关学科的论文或目录。但在强调学术研究要进行学科间的整合与渗透的当代，有没有可能尽量组织一些专题，从多学科来探讨同一个重要的主题？目前许多刊物已经有些专门选题，若能有意识地多用心构想某些跨学科的选题、加强科际融通，更能扬长避短，发挥综合性刊物的长处。

不同学科、不同题材的论文产生的效应不大一样。有的论文具有时效，有的论文更有长效，有的是两者兼而有之。当重视论文的被转摘率和被复印率的时候，应用学科、具有时效的论文比较容易受到青睐；当依据国际上通行的引文分析法，从被引用率来科学地评估论文和期刊的时候，基础学科、具有长效的论文更有价值。当然，被重要文摘刊物转摘和被复印转载，往往读者面增加许多，也更可能被引用，也有部分论文是既被广为转摘，也具有很高的引用频次。不过，多数论文还是不可兼得的，因此如何把握具有热点效应和偏于长远效应的学科和论文的比例，也是学术刊物值得考虑的问题之一。

　　互联网时代对纸质书刊和报纸产生了巨大的冲击，许多人只从"中国期刊网"搜索查找需要的论文，图书馆的过刊阅览室已经很少有人问津了。确实，从期刊网上查找某一专题论文，远比一本本地翻阅刊物来得全面和迅速。面对网络的强大压力，刊物只能顺势而为。我以为《社会科学战线》今后应尽快将新出刊的目录发布在自己的网站，这样容易被读者搜索或查阅到，便可能尽早去查看纸质刊物原文，可以提高刊物的读者面和影响力。

　　《社会科学战线》出版第 200 期纪念刊，确实可喜可贺，衷心祈愿其盛业可长可久，永远屹立于学术期刊之林，嘉惠中国学林。

　　（原刊《社会科学战线》2012 年第 2 期）

囊萤映雪读书忙

这两年时兴将大学或学院开学、毕业的演讲公开出来,于是我们不时可以看到一些大学校长或院长的演讲文字。其实,十多年来,我在厦门大学教育研究院(原高教所)研究生开学注册会议(也可称之为开学典礼)上,都发表过带有一定主题的演讲,随感而发,通常没有文稿,有的作为学术随笔发表,但都未注明是开学演讲。今年秋季学期开学,我也发表了一段演讲,姑且记录于下。

各位同学:大家好!今天是911,我们厦门大学教育研究院学生新学期注册报到会的日子,明天就是中秋节,首先,祝各位中秋快乐!

每年中秋月圆,厦门人都要迎来激动人心的博状元饼的佳节。2003年中秋节前夕,我曾应约在《厦门晚报》发表过几篇文章,提出博状元饼习俗起源于明代的博状元筹,打破了郑成功部属发明博饼规则的"美丽传说",在厦门引发了一场历时两年的关于博饼文化起源的讨论。当时我也写过一句与中秋、月亮、博饼有关的诗:"平分秋色明月照,巧合四红状元收。"

我现在很少写散文,通常写的是论文或学术随笔了,但2009年中秋节前,我在《厦门日报》"海燕"版发表过一篇纯文学的短文《秋月无边》,可见我也是一个爱月的中国人。

月亮与中国古代教育也有不少的关系。过去的学校在初一或十五的朔望时分,都要举行一定的礼仪;明清时期500多年间,科举乡试第三场必定在八月十五这一天举行;重视教育的中华古人曾经留下许多借着月光读书的故事……

厦门大学的经典建筑中也有"囊萤楼"和"映雪楼"。所谓映雪,便是借着月光照在白雪上的光亮来读书。在没有电灯的古时候,夜晚照明是一大问题,穷人家孩子点不起油灯,于是有了"囊萤映雪"、"凿壁偷光"的佳话和成语。为什么那么困苦还要读书,因为读书是平民改变命运的重要途径,有的时候甚至是实现向上流动唯一途径。

中国古人已经充分认识到读书，也就受教育的作用，因为当时"读书"的概念基本上可以等同于现在"受教育"的概念。王安石《劝学文》说："读书不破费，读书利万倍。贫者因书富，富者因书贵。"所谓贫者因书富，也就是通过受教育脱离了贫穷，而"富者因书贵"，则是读书做官成为贵人，我们也可以理解成读书改变气质，变得更有教养，或者说更为博雅。国际 21 世纪教育委员会曾提交给联合国教科文组织一个报告，题目是《教育：财富蕴藏其中》。在宋代，宋真宗的《劝学诗》已经广泛流传，到今天大家还熟知"书中有女颜如玉，书中自有黄金屋"，你看，这不就是传统社会的《教育：财富蕴藏其中》么？

当然，因为现在大学生就业问题突出，教育的投入产出不见得都成比例。如果一些困难家庭砸锅卖铁供子女接受高等教育，毕业后却找不到一份合适的工作，导致"因学致贫"（因孩子受高等教育而家庭陷入贫困），这样的投入产出比，就不是"贫者因书富"了。所以现在有一些学生，尤其是农村学生放弃读高中，包括放弃读就业前景不好的部分高职高专。但只要考上比较好的大学，包括考上像厦门大学这样的"985 工程"大学，考生和家长通常都还是非常珍惜的，大家坐在这里，学习也就比较有动力，因为毕业后多数都能找到不错的白领工作。

读书要趁年轻。古诗汉乐府《长歌行》："百川东到海，何时复西归。少壮不努力，老大徒伤悲。"这里也是将时间比喻为流水，即"逝者如斯"的意思。青春逝去，永不再来，在适合认真读书的年龄，就应该认真读书，等长大后、毕业后，就很少能有时间静下心来读书了。我们在座有些是本科毕业后工作一段时间再考上硕士生，或者是硕士毕业工作一段后再考上博士生的，相信一定有类似的感受。

"学问勤中得，萤窗万卷书"，我很喜欢这句古诗，因为它具有一种非常高洁辽远的意境。前半句点出为学之道，鼓励人们勤苦向学。后半句描述的是具体如何苦读诗书的场景，"萤窗"代表的是古代读书人囊萤映雪或黄卷青灯寒窗苦读；"万卷书"则表明学问的高深，读书破万卷才能下笔如有神，所谓"卷"，即古代那种卷轴或线装书，给人一种古色古香、典雅珍贵的感觉。而这种"萤窗万卷书"的感觉和心境现在已很难得。有道是：天道酬勤。各位如果能够坐得住冷板凳，认真读书，将来一定会有回报。

今天的开学致辞,如果要起一个题目,可以叫《劝学说》。但如果要包含月光、厦大、读书的元素,那就用《囊萤映雪读书忙》吧。

(原刊《科学新闻》2011 年第 10 期)

学术生涯

凤凰树下随笔集

跨越时空的高考故事

　　每一个 77 级大学生都有自己独特的高考故事,每一个高考故事集合起来,构成了中国教育史上春天的故事。

　　1977 年的高考是制造千千万万个故事的大舞台,虽然高考带给每个 77 级大学生的喜悦大体相似,但每个故事的戏剧性、曲折性或许都与众不同。

　　我于 1976 年 6 月高中毕业后,来到福建省龙岩县江山公社铜砵大队上山下乡。虽然下乡时间不算长,但知青生活的各种艰苦也都经历过。插秧、割稻、砍柴、挑担等各种农活,甚至连打石头、点炸药都干过。我住在一间隔着木板楼下就是牛棚的房间里,头半年还没有电。虽然生活条件简陋,但并没有泯灭对知识的渴求,晚上就着一灯如豆的光线看书的情形,至今仍历历在目。

　　"忽如一夜春风来,千树万树梨花开。"1977 年 10 月,恢复高考的消息发布以后,知识青年欢欣雀跃,奔走相告,顿然感到光明在前,生活充满了各种可能和希望。在 1977 年 12 月临考前一段时间,大多数准备高考的考生和家长都有一种兴奋莫名的情绪,全民都在议论恢复高考这件事,整个社会的神经都被高考所牵动。每个中学都为自己的各届毕业生辅导备考,每一场辅导课都挤满了听众,每一个精于辅导的老师都十分受人尊敬,每一个善于答题(尤其是数学题)的备考者都受到人们的钦佩。大家都有一种兴奋、好奇、期待、憧憬的心理。经历过 11 年的中断,谁都不知道真正的高考会是什么样。虽然大家明白各高校招生人数不多,但没有人知道确实的招生名额,谁都觉得自己有可能考上,谁都觉得自己不见得能考上。

　　和当时绝大多数人一样,我也是抱着"一颗红心,两种准备"的心情走进考场的。不过,我的高考故事特别之处在于,我是参加过两次高考的 77 级大学生。一次是 1977 年 11 月举行的艺术类高考,一次是 12 月正式的高考。

　　除了素描写生等专业考试外,与现在艺术类考生的文化科目考试是参

刘海峰高考准考证与厦门大学学生证上的照片（1977 年 11 月）

加普通高考不同，当时艺术类考试的文化科目是单独举行的。我至今仍记得，文化科考卷的作文题与画画有关，我的作文以鲁迅的一句诗"愿乞画家新意匠，只研朱墨作春山"为结尾。当时，龙岩地区共有 300 多人参加了美术招考，而福建师大的美术专业只招 2 人。我的美术专业成绩进入前四名（没有具体排名），文化科成绩第一，但在四选二时，最终却没被录取。于是马上接着迎接正式的高考。通常报考艺术类的考生文化科成绩较不理想，即使马上参加正式高考也很难考上大学。在 77 级大学生中，相信像我这样参加过两次高考的人在全国都很少。

　　我的高考故事还有另一点独特性，即录取的大学比自己填报的第一志愿更理想。我报考的是文科，1977 年外省高校在福建省招生学校和专业非常少，福建省招收文科的高校也只有福建师范大学和厦门大学。每个考生可以填三个志愿，因为兴趣文学，我的志愿也只在文史两个学科中选择，第一、第二志愿分别是福建师大的中文系和历史系，第三志愿是厦大的中文系。在当时，如果能考上福建师大，对我这样上山下乡的知识青年来说，就是天大的好事了。不敢企望厦大,将厦大放在第三志愿,是不想让志愿栏的第三格空着。

那年我的高考成绩是总分302.1分,这成绩在1977年算是相当高的,在同龄人中更是很高的。大概是考虑年龄与分数比偏高,且在是否服从统一分配栏中,填了"服从分配"四个字的缘故,结果被录取到原来我自己都不敢奢望的厦门大学。虽然进的是没填志愿的厦大历史系,但还是大喜过望。

考上大学,对每个人来说都是一生的重大转折,尤其是对我们这些上山下乡的知青而言,更是翻天覆地的变化,好似鱼跃龙门。久处知识饥渴状态的77级大学生都有一种强烈的求知欲,看到过去无法借到的书籍,就像饿虎扑食般地享受知识盛宴。同学们都明白命运之神对77级大学生格外的眷顾,历史给了我们非常好的机遇,因而报效国家的使命感也特别强烈。

我的高考故事并没有在上大学后就结束。绝大多数77级大学生只与高考结缘一次,我却将与高考结缘一世。只是1977年我的高考故事是参加高考的故事,后来的高考故事则是研究高考的故事。

本科毕业,我直接考上厦门大学历史系的研究生。1984年硕士毕业,我到厦门大学高等教育研究所任教。从那时起,我便开始研究中国古代的高考——科举考试,继而又研究高考制度。

这些年来,我发表了40余篇研究高考的系列论文,其中最主要的是与取消或废止高考派学者作辩论,阐明为什么中国应该坚持高考的道理。有时这种辩驳还唇枪舌剑、针锋相对,具有故事性。同时,我还承接许多高考研究课题,特别是作为教育部哲学社会科学重大课题攻关项目"高校招生考试制度改革的理论与实践研究"的首席专家,还带领一个团队在研究高考,将来我还会长期研究高考,可以说与高考结下了不解之缘。

许多事物深埋在岁月中便成了尘土,有的事物深埋在岁月中却成了琥珀。1977年恢复高考,不仅是我个人命运的转折点,而且成为一个国家与时代的拐点。它是一段值得珍藏的历史,是一种历久弥新的记忆,是一个永留史册的传奇。

中国古代有"三十年为一世"的说法。有的事情过了30年前再谈起来,恍若隔世，但许多同年回忆起 1977 年的高考，却恍若昨日。作为一个与高考关系特别深厚的学者，我不仅讲述我的高考，关注你的高考，还研究中国的高考；不仅回顾高考的历史，探讨高考的现状，还展望高考的未来，并与大家共同书写跨越时空的高考故事。

（原刊《光明日报》2007 年 5 月 16 日）

我与高考的不解之缘

作为一个与高考关系特别深厚的学者，我与高考结下了不解之缘。

从 1977 年参加高考，到现在主要研究高考制度和科举学，我与高考的缘分正好也是 30 年。有一些 77 级大学毕业生长期从事高考实际管理或命题改进工作，但如果就中国学术界、理论界而言，大概我是与高考关系最密切的学者之一了。

我出生在福建省龙岩县（现改为龙岩市新罗区），1976 年 6 月高中毕业后便上山下乡，到 1978 年 3 月到厦门大学读书，当了 1 年零 9 个月的知青。比起许多老三届，我下乡时间算较短的，但知青生活的各种艰苦我也都经历过。考上大学，对曾经上山下乡的人来说，应该是一生中的最大转折。我上的是厦门大学历史系，当时的历史系不像现在这样冷门，许多综合大学中文系、历史系 77、78 级是全校入学分数最高的。本科毕业，我直接考上同系的研究生。

1984 年硕士毕业，我到厦门大学高等教育研究所任教。从那时起，我便开始研究中国古代的高考——科举制，即使从 1992 年开始研究高校招生考试制度算起，我的高考研究经历也有 15 年了。我不仅曾参加过高考评卷和录取，而且 16 年前还参加过高考命题。不仅从 1992 年起被聘为教育部考试中心兼职研究员，而且从 1996 年起被聘为全国教育考试暨自学考试研究委员会委员。这些年来，我发表了 40 余篇研究高考的系列论文，其中最主要的是与取消或废止高考派作辩论，旗帜鲜明地主张中国应该坚持实行高考。

多年来，许多人对高考有各种误解，看到应试的一些消极现象，总是片面地将其归罪于高考。面对许多批判高考的声音，自己感觉经常要"舌战群儒"，一波刚平，一波又起。回过头来想想，自己做的其实主要是澄清对高考制度的误解，帮助或促使一些论者理性认识高考、了解高考改革的复杂性而已。这有点像灭火，一处燃起了一把盲目批判高考的大火，我发表一篇指出其硬伤或空想之处的文章之后便熄灭了。可过不久另外一家报刊又发表一篇对高考义愤填膺的讨伐文章或报告文学，于是我再次应战，去澄清事实，辨明道理。

人们对高考的议论存在许多误区，诸如"高考是计划经济的产物"、"高考是模仿苏联而来"、"高考造成了区域不公"、"高考是一试定终身"、"高考导致中国未能获得诺贝尔奖"、"实行社会化报名可以解决片面追求升学率问题"、"减少高考科目可以减轻学生负担"、"高考是素质教育的对立物"、"要像清末废科举那样废高考以寻找教育改革的突破口"等等，都属于似是而非的观点。

例如，有不少人将各省区之间高考分数线的失衡归罪于高考制度，认为高考造成了区域不公。实际上这是一种误解，只看到问题的表象。从表面上看，因为高考制度，才造成倾斜的高考分数线，但本质上是高等学校分布不均、各省市高等教育资源不平衡所致，高考只是将招生考试中的区域公平问题突显出来罢了。如果没有统一的高考制度，像有些论者所说的实行各校单独招生，区域不公的问题照样存在，而且高校自主权加大，反而可能加大区域录取不平衡，区域不公问题更容易被掩盖起来。

同时，我还提出为科举制平反。因为否定高考或主张取消高考的人往往不由自主地会将高考与科举制度类比，只要说高考"变成了科举"，或者说高考是"新科举"、"现代科举"，就有很大的杀伤力。其实，科举本身已被妖魔化了，需要拨乱反正。古往今来的实践一再证明，实行考试制度有其弊病，但废止考试制度必将造成更大的祸害。理论上说考试不一定是最好的选才方式，但实际上却找不到更好的可操作的公平竞争方式，而考试的办法至少可以防止最坏的情况出现。因此，为科举制平反，就是为了廓清盲目批判科举制的迷雾，就是为考试选才机制辩护，就是从理论方面为高考改革保驾护航。

厦门大学教育研究院及教育部文科重点研究基地厦门大学高等教育发展研究中心，是中国高考研究的重镇。尤其是以院为依托的厦门大学考试研究中心，长期以来将高考改革作为主要的研究方向，是全国研究高考制度最多的研究机构之一。作为这些机构的负责人，今年，我不仅将发表上10篇的高考研究论文，而且将通过华中师范大学出版社，主编出版有史以来第一套《高考改革研究丛书》，共 8 本，主要由我历年指导通过答辩的高考研究博士论文为基础构成，这算是我这位 77 级大学生为恢复高考 30 周年献上的一份厚礼。

（原刊《北京考试报》2007 年 4 月 28 日）

刘海峰接受时为国务委员的刘延东颁发的国家教育考试指导委员会委员的聘书

（2012 年 7 月）

学科交融产生科举学

在漫长的江河中,决定其流向的往往是几个转折河段;在人生的历程中,影响其发展的往往也是几个重要的年份。

1977年12月,我以上山下乡知识青年的身份考上厦门大学历史系。1982年初,本科毕业直接考上中国古代史硕士研究生,跟随韩国磬先生研究隋唐五代史。1984年11月硕士毕业后到厦门大学高等教育研究所任教,主要任务是研究中国高等教育史。

从事教育史研究是我研究方向的重大转变。这种转变跨度是相当大的,既不是一级学科内不同二级学科之间的调整,也不是同一学科门类中一级学科之间的迁徙,而是不同学科门类的跳跃,是人文学科与社会科学之间的跨越。

由于自己中国古代史专业出身,又在教育研究所工作,自然以研究中国教育史为主。而科举是中国古代教育的一个重心,必然会研究它。特别是又跟随韩国磬先生在职攻读博士学位,毕业论文以《唐代教育与选举制度综论》为题,实际上主要是研究唐代科举,从此对科举研究的兴趣日渐浓厚。

人生的道路虽然漫长,但关键的转折时刻往往会决定一个人一生的发展路向甚至命运。在科举时代,读书是一个漫长的渐进的过程,而参加科举考试通常是重要的转折点。在这龙门关上,一旦中举及第,"鱼"可能戏剧性地化为"龙",而名落孙山则是痛苦难言的经历。由于科举与1300年间知识分子的命运息息相关,古代士人的喜乐哀怒往往集中在科考前后表现出来,留下了很多有趣的故事,因此研究起来兴味盎然,相对其他专题来讲,我觉得研究科举特别有意思。加上科举文献汗牛充栋、科举人物难以胜数,具有很强的挑战性,以往的研究又存在以偏概全或误解之处,因此科举学具有巨大的研究空间,是一门精深引人的专学,我乐此不疲。而且,科举研究的意义非常重大,所以我慢慢地就更集中于研究科举。

　　1992年，我在《厦门大学学报》第4期发表第一篇科举学论文《"科举学"刍议》。此后，陆续发表了一系列的科举学论文，并组织其他学者和博士生撰写科举学笔谈等论文。特别是2005年，出版了《科举学导论》一书。该书出版后广受好评，台湾清华大学教授、中研院院士萧启庆先生评价说："有此一书，科举成学必矣。"《科举学导论》在2009年获第五届高等学校人文社会科学优秀成果奖一等奖，应该说在相当程度上得到了学术界的认可。正如有的学者所说的："历经十多年的孕育、萌芽、破土、成长，今天她已经成为学术界一道伟岸的风景。'科举学'已经被绝大多数学者所认同、接纳和欢迎，日渐成为当今时代的一门显学。"

《科举学导论》封面

　　现在回过头来看，有的人认为17年前提出科举学，当时并非"显学"，倒是可以称之为"险学"，可见须有一定的学术勇气。确实也是，一直以来我就明白，肯定有很多人起初对"科举学"的提法不以为然，只是不会当面告诉我,或者我听不到而已。但我深知,构建科举学须有恒心,也就是要持之以恒,沉得住气。因为人们对科举看法的转变需要一个过程,对科举学的认识也应假以时日,这就需要耐心,时间会站在历史真相这一边。对有的人的误解,则采取"人不知而不愠,不亦君子乎"的态度。《科举学导论》写成一本足以打消人们对科举学疑虑的著作,阐释清楚了,人们最终会认识到科举学的意义。

在"学"字满天飞的当代中国,我提出创建科举学是经过深思熟虑的。概括地说,科举学是在全面客观评价科举制和传统文化,或者说是在为科举平反的时代大趋势下,在学术研究环境渐趋宽松自由的氛围中,在学科交融和跨学科研究的学科依托上,在借鉴参考科举的经验教训为考试改革服务的现实需要的呼唤下,应时而生的。科举学的范围涉及历史学、教育学、政治学、文学、社会学等各个学科领域,任何单一学科都无法覆盖或囊括科举研究的所有内容。我之所以会提出科举学,想到将科举的各方面整合起来作为一个专门研究领域来加以研究,是因为自己向来爱好文学,后从厦门大学历史系出身,受过十年正规的历史学教育,毕业后又在教育学界行走。正是由于具有跨学科的学习和工作背景,才会提出建立科举学这样一门综合性的专学。可以说,科举学是学科交融的产物。

做学问应力争自成体系。因为注重体系、有宏大构思,所做的每一项工作都构成总体目标的一部分,就像由众多石块垒成高大的金字塔一样。而没有总体计划所进行的研究,最终的结果就如一堆乱石,或者只建成许多平凡的建筑,形不成巍峨的大厦。

（原刊《中国社会科学报》2009 年 10 月 8 日）

从历史到教育

可能是由于对比更为强烈因而引人入胜的缘故，一般人遥看无垠的大海或原野的时候，总是喜欢将目光投注到水天交接处或地平线上。在不同学科的边缘和交叉地带进行汇聚和融合，即进行跨学科研究，往往也是知识创新的重要途径之一。或许是命中注定，自己要长期在学科交叉处行走，而其中一些跨学科研究的学术体验，也有勉强可与外人道之处。就此写出，以便学人交流与切磋。

一、历史的"误会"

在龙岩读中学和上山下乡的时候，我酷爱的是美术和文学，加上 1977 年恢复高考时可供选择的大学和文科专业很少，且受福建师范大学中文系毕业的父母亲的影响，因此填报的第一志愿是福建师范大学中文系，第二志愿是师大历史系，第三志愿是厦门大学中文系，但录取的结果却阴错阳差地进了厦大历史系，用瞿秋白《我的自白》中的话说，就是"历史的误会"。为此，我曾相当苦恼，对历史学专业课提不起兴趣，大多应付了事，而将大部分时间用在阅读以往难以借阅的世界名著上。这种状况到大学三年级才有所转变，随着高年级选修课的增多，开始觉得历史课也不完全是只讲农民起义并罗列原因一二三的那种套路，还是有其内容与价值，加上爱好文学的"年龄病"逐渐痊愈，对史学的兴趣慢慢培养出来了。到大四时读了一些《史学概论》之类的著作和英国历史学家卡尔的《历史是什么》等书，并查阅《古今图书集成》等古籍，特别是为写毕业论文而阅读梁启超《饮冰室文集》、《饮冰室合集》之后，发现历史原来并不是像当时多数教科书那样枯燥乏味，而是非常丰富多彩生动活泼的。如果说文学是人生的同义词的话，历史则是知识的同义词。

本科毕业论文是跟罗耀九教授写《梁启超与辛亥革命》，梁启超那才情并茂的文字富有"魔力",对清末中国的启蒙作用类似于伏尔泰对法国大革命的启蒙作用,因此我将梁启超比喻为"中国的伏尔泰"。虽然想继续研究梁启超,但当时厦大还没有招收中国近代史专业的研究生,1981年临近毕业那学期,班上许多同学都报考研究生,为了随大流,于是自己也报考了中国古代史专业韩国磐先生的研究生。没想到临考前两天食物中毒住院,考前一天还在挂瓶,当时只是抱着试试看为来年再考获取经验的打算,硬挺着走进考场。更没想到考试成绩出来后,各门成绩都在及格线上,竟还是考得较好的学生,于是被录取为韩门弟子,转而攻读隋唐经济史。

一旦系统接触到纪传体的史书,真正走进历史,那些一千多年前的一个个人物便活灵活现起来,还有那许多事件和故事,读来令人兴味盎然,引人入胜。韩先生要求我们通读隋唐五代史书,掌握第一手资料,也就是坐冷板凳下苦功夫。导师严格的要求培养了研究生做扎实学问的学风,我也摘抄了大量的资料卡片,完成了硕士学位论文《唐代官员俸料钱的若干问题》。然而,1984年11月毕业时,因留校名额有限,开始我无法留在历史系,而高等教育研究所却需要增加研究人员,于是我便到了潘懋元先生领导下的高教所。这时的我已系统研读过7年的历史学,对历史已产生了一定的感情,要离开史学界还经过了一番思想斗争。决心下定之后,尽管临近毕业时又有了留在历史系的机会,但还是义无反顾地踏上了教育史研究的征程。与经济史研究主要和数字及物质打交道不同,教育史的研究对象是人的教育活动,与文学的关系更为靠近,而自己的习性好尚仍近于文学,这也是选择到高教所的原因之一。

工作之后不久,为了进一步深造,我打算报考博士生,而当时高教所还没有博士点,于是1986年初又考上历史系博士生,再度师从韩国磐先生,在职攻读历史学博士学位。起初自己考虑的选题是在硕士论文的基础上驾轻就熟,撰写有关唐代俸禄制度的论文,但高教所同意报考的条件是要结合研究工作以教育史为选题,因此选了《唐代教育与选举制度综论》的题目,后于1988年底通过论文答辩,获得博士学位。至此,我已在历史系正规接受过10年的高等教育,历史的"误会"变成了历史的选择。

二、在历史与教育之间

到高教所工作后,在所长潘懋元先生的带领和指导下,按要求也正规进修过"高等教育学"等课程。工作中,潘先生耳提面命,在教育理论和思维方法上对我启发良多。不像历史学中几乎所有领域都被耕耘得相当成熟,高等教育学是一门新兴的学科,有很多的新问题可供开拓研究,我又是在高教所工作的第一位硕士毕业生,因此具有较大的发展空间。1987年我便开始兼任副所长,或许由于过早被推上研究所领导岗位,因工作需要而拓宽研究面,越出教育史的范围,关注现实,也写一些关于现实教育问题的论文。但我的主要研究方向仍为高等教育史或中国教育史,并未真正脱离历史,故介于转行与非转行之间,换句话说是半转行。就研究对象而言是较为专门的历史,从研究方法来说则与历史学没什么不同,不过自己却不再属于历史学界,而是在教育学界讨生活了。这个转变的心路历程是艰难的,过程是渐进的、缓慢的。后来虽有数次机会回归历史学界,然因多方面的缘故,最终都打消了念头。同样具有跨学科学术背景的妻子向来也力劝我不要纯粹研究历史。这样,17年来,我在教育与历史两端之间,逐渐靠向教育。每当工作和形势需要时,便趋向于教育,而每当受到某种排拒时,又会向历史回归一些,最终出现一种中间状态或跨学科状态,使自己做的历史是较重现实性的"参与史学",做的教育是较有人文色彩的教育研究。

用某种眼光看来,跨学科者,非科班、非正统者也,因此大凡跨学科研究者或有外来人之感。作为半路出家者,容易被一些人看成是"善鼓瑟而立于齐门者",因此很需要补充所跨专业的理论知识。由于现时学科畛域还很分明,人们的学科正统观念还很强,跨学科的学者很可能从原学科的中心退居另一学科的边缘。而且,现在各种课题评审、评奖,各种学会或委员会的组成都是以学科划分的,对跨学科的学者不利,这就要求跨学科研究者应有艰苦奋斗的精神和不怕无所归属的勇气。不过,现代科学的发展趋势是在高度分化基础上的高度综合,如果努力得当,跨学科研究也有可能获得某种独特的优势和收获。这便是所谓"天将降大任于斯人,必将苦其心智,劳其筋骨"吧。所幸的是,我横跨的两个学科点皆为国内一流学科点,原来进学的厦大历史系和后来工作的高教所都是首批国家级重点学科点所在单位,先后师从和跟随的两位长者——同为厦大1945届毕业的韩国磐先生和潘懋元先生,都是各自学科全国著名的学者,这在一定程度上弥补了我长期偏守东南一隅的不足。

这些年来,我从事跨学科研究,也有一些体验,深感要在某一新学科获得好收成,必须在原有学科打下好的基础。只有在一个学科具备较高素养,饱满而充满张力,才能触类旁通,才能顺利迁移至其他学科。如果原先学科就学不好,在新的领域也难以开拓。近年来,我既在《高等教育研究》、《教育研究》、《中国高等教育》等教育学刊物上发表现实教育研究论文,也在《历史研究》、《中国史研究》等史学刊物上发表教育史研究论文。而能做出较高质量的研究成果,与研读历史学奠定较扎实的学术功底有很大的关系。然而,跨学科研究可能比在单一学科中过日子更不容易,也更累。常言道:"一心不可二用",我却常常不得不一心二用,两面作战,在教育与历史之间来回奔跑。人的时间精力总是一个常数,即使加倍努力超常收获,将成果分散于不同学科,总不如集中在一个学科那么突出,而且此一学科的学者一般并不了解你在彼一学科中的研究成果,或者并不认为你在另一学科中的论著有多大价值,这就要牢记孔夫子的教导:"人不知而不愠,不亦君子乎?"

三、专注中国教育史

由于既从事教育研究也进行历史研究,我的学术成果分布在几个不同的方面,除了早期一些经济史的论文以外,大体而言,主要为中国教育史、当代考试研究和"科举学"三个领域。

中国教育史尤其是高等教育史是我的主要研究方向。在职攻读博士学位时虽属于历史系中国古代史专业,但因尚未入学时选题范围就十分明确,实际上等于是攻读中国教育史专业的博士。1991年,我的博士学位论文《唐代教育与选举制度综论》由台湾文津出版社列入首批"大陆博士学位论文丛刊"出版,这是我出版的第一本专著,至今我对文津出版社主编邱镇京教授选中拙稿付梓仍心存感激。以往史学界和教育学界一般多对唐代教育、科举、铨选三种制度进行分门别类的研究,很少将它们作为一个从人才的培养、选拔到任用的整体,研究三种制度相互依存和制约的关系。该书试图从唐代整个教育、选举制度的系统论述入手,从宏观上进行综合研究;然后分别对三个制度选取几个专题进行微观剖析,并着力探讨三个制度之间的关系,尤其是学校教育与科举取士、科举出身与铨选入仕的关系;进而对贯穿于唐代教育、科举和铨选中的经术与文学之争展开较为专门的讨论,总结唐代教育与选举制度的利弊与经验教训。该书的出版,为我后来的学术发展奠定了很好的基础。

最初我之所以到高教所工作,是为了专门从事中国高等教育史研究与教学,第一项任务便是协同潘懋元先生编纂《中国近代教育史资料汇编(高等教育)》,这使我的研究方向暂时又从中国古代回归到近代。此书的编撰从 1985 年至 1993 年,断断续续前后达 8 年之久,共收集复印了 200 余万字清末民初的教育资料,最后精选出 63 万字,1993 年由上海教育出版社出版。这一经历使我深刻体会到编撰资料工具书的艰难,也使我对中国近代教育状况有了深切的了解。另外,为了提高国内高等教育研究者对学习研究高等教育史的意义的认识,我和潘先生合作撰写了《高教历史与高教研究》,近年来自己还写了从《高等教育史学科建设初探》到《在教育与历史之间——高等教育史研究四探》等系列论文,在《高等教育研究》上发表。这些论文探讨高等教育现实研究与历史研究的关系,强调论从史出和史论结合,力主高教研究应鉴古知今、古为今用,实际上对一般高教研究也有方法论的意义。

地方教育史是近年来教育史学界日益重视的一个领域。我与庄明水教授合作的一部专著《福建教育史》,1996 年由福建教育出版社出版,是全国较早出版的一部地方教育史。出版社原先约请我来撰写《福建教育史》,考虑到自己难以按时独立完成此书,我邀请庄明水老师合作,自己负责古代部分。为了真正写出地方特色,需查阅收集大量地方志和其他史料,并列出一系列福建各地学校、书院、科举的图表。特别是有关福建科举部分,有大量的数据可供量化分析,书中花费许多时间做出的各代科名统计表是该书最有价值的内容之一。

中国教育史研究范围很广,要想超越前人,有所突破和创新,还是必须进行专题研究。部分是因为博士学位论文的先导,部分是因为自己的持久兴趣,最终我的主攻方向归结到科举史研究。在中国历史上,有什么事物能够将1000多年间的所有读书人联系起来，或者说有什么事物能够将分散的、独立的各朝政治家、学者贯穿起来，在成千上万的官员、文人中找到他们生活中的共同经历呢？只有科举。科举入仕，是1300年间几乎所有知识分子梦寐以求的共同理想和奋斗目标，就像当代知识分子多数参加过高考一样，科举时代读书人从未应举的只是极少数。没有哪一种制度像科举制那样长久深刻地影响过当时的世道、人心和风俗。唐宋以后，科举制在封建国家的政治生活和社会结构中占据着中心的地位，科举考试成为人文、教育活动的首要内容，因此很值得加以研究。我在1994年完成的专著《科举考试的教育视角》，1996年由湖北教育出版社出版。该书从教育的视角研究科举，在考察科举考试与学校教育关系的基础上，分析科举的高等教育考试性质和学位考试性质，以及自学考试性质和智力测验性质，力图总结科举考试的发展规律，为当今的教育考试改革提供历史借鉴。

四、解破科举源流之谜

慢工出细活，短平快是很难打造出学术精品来的。贾岛有些诗是"两句三年得，一吟双泪流"方才写出。有些论文发表后自己再也没兴趣触碰，而有的论文不论过多少年都还值得仔细玩味。在我的所有论文中，费时最多也最有代表性的是有关科举起源与流传问题的两篇。

科举制的起源问题是我在1986年开始做博士论文时就想写进"综论"中的专题，但因难度太大不得要领而作罢。关于科举制的起源或起始时间，学术界有各种不同的说法，林林总总达十余种之多，聚讼纷纭，令人莫衷一是。但具体联系到进士科的设立时间，应该说符合历史事实的只可能有一种，其他各种说法必定有误。科举制到底始于何时，已经成为"科举学"中最大的一个热点和公案，或者说是一个历史之谜。由于人们对"科举"一词的含义理解不同或不够全面，加上史书对进士科的起始时间记载不够详明，故而造成观点的歧异。从1990年起，我就开始草拟提纲准备撰写考论科举起源的专文，然因无法驳倒其他各种观点而停下来。此后大约每隔三年就有一次写作此文的冲动，尤其是看到日本学者宫崎市定关于隋文帝开皇七年（587年）建立科举制的观点在世界上日益流行，更感到很有必要正本清源，辩证清楚史书上关于隋炀帝始建进士科的说法是正确的。可是每次都因无法解释一些互为矛盾的史料，无法自圆其说而不得不一再搁置。直至1999年，我完成《再论唐代秀才科的存废》和《唐代俊士科辨析》两篇论文之后，方才扫清堡垒的外围障碍，理顺各种说法和相互抵牾的资料，最后发起总攻，解破科举起源之谜，攻克此学术难关，终于写成《科举制的起源与进士科的起始》一文，在《历史研究》2000年第6期首篇发表。

另一篇重头论文是《科举制对西方考试制度的影响新探》。科举制度源远流长，它是中国的特产，但却对东亚和西方国家产生过深远的影响，对西方考试制度的影响是以往中国人了解较少且相当复杂的问题。1943年，邓嗣禹在美国用英文发表《中国对西方考试制度的影响》一文，该文旁征博引，论述详赅，并附有70余种记载有关科举的西方文献。此后该文被广为引用，不过也有少数学者提出怀疑，因此科举西传说是否站得住脚，科举是否流传欧美也是一个尚无定论的历史之谜。西方考试制度果真受到过科举制的影响吗？1870年之前记载有关中国科举的文献是否仅70余种？从1991年开始，我就想写一篇论文来解决这些问题。带着这些问题，我于1993年赴英国伦敦大学东方学院作高级访问学者时，整天到图书馆查阅资料。由于这一问题主要涉及19世纪中叶以前的西方文献，在中国基本上无处查阅，而在西方藏有此方面书刊的各大图书馆也多将之列为善本书而很难借阅，加之邓嗣禹文广泛查寻，细大不捐，已有相当的深度与广度，要在其基础上发现一条新资料都淘为不易。但经过半年苦苦的搜寻，我已新发现了1870以前论及科举的西方论著近50种。回国后，原本打算尽快将此贵重难得的资料翻译出来写成论文，可这些17至19世纪的文献多用近代英文和字体印成，有点类似于我们的半文言文，看起来很费力，且需要大段时间集中精力才能写上一小段文字，结果打打停停，一拖就是8年。这样，经过千辛万苦好不容易才得到的宝贵资料，只好让它们躺着睡觉，明知大量的投入多年没有产出也无可奈何。幸好2000年获得赴日本创价大学教育学部做访问教授半年的机会，才最终得以将此难度极大的论文写出，新近在《中国社会科学》2001年第5期面世。该文认为，有明确的史料说明英美等国建立的文官考试制度曾受到科举制的启示和影响，科举西传说可以确立；科举考试西传欧美是中国对世界文明的一大贡献。就我的感觉而言，写这样一篇论文的难度绝不亚于写一本普通的专著。

风物长宜放眼量,文章不厌百回改。这两篇我自认为最有分量的论文都是写好后不急于发表,放了四五个月再修改后才投稿的。既然写作论文前后已花了十年八年,完稿后再放几个月又有什么关系?这与我有些急用先写赶忙提交或发表的论文有很大的不同。当然,多数论文是不能这么写法的,像这样长时间慢条斯理软磨硬泡一两篇2万字的论文,在现今大学和科研机构的年度考核评价办法中相当不利,在当下流行"炒学问"和"跑学问"的风气中似乎也不合时宜,一般情况下自己短期内也不会再干这样的苦差事。但从长计议,真要写出令自己满意又有长远学术价值的作品,还非有"板凳甘坐十年冷"的思想和勇气不可。毕竟真学问还是要坐下来做出来,而不是靠跑出来炒出来的。只有树立精品意识,才可能生产出学术精品。在这方面,的确是知易行难。

五、维护统一高考

在现代教育研究方面,我所发表的论文涉及高等教育的不少问题,如《高等教育的国际化与本土化》《可持续发展与人文教育》《传统文化与中国高等教育》等,但最为集中的还是从科举研究延伸下来的现代考试制度研究,我现在获得的课题和指导博士硕士生的选题也多属考试研究方向。在考试研究中,又以高考研究为主。

高考是当代中国教育的基本制度之一。作为高校与中学之间的桥梁,高校招生考试既是高等教育的起点,也是高校与社会各界联系最密切的方面之一。高考改革历来是教育改革的关节点,因此相当敏感且易引起人们的关注和讨论,家长、教师、考生、教育管理人员以及其他人士都经常从不同的角度提出自己的看法。大规模选拔性统一考试是一把锋利的双刃剑,尤其是高考长期实行之后,其利弊得失都充分显露出来,某些问题逐渐层累下来,影响特别重大和突出,因而要求改革高考制度的呼声日渐高涨。但是一些改革的呼吁者并没有充分认识到高考改革中存在着一系列的两难问题,若只注意问题的一面而未看到问题的另一面,有的改革反而会出现比原先更大的消极后果。只有理清这些两难问题,才能使高考改革沿着正确的轨道顺利进行。有一个值得注意的现象,即许多主张彻底改革高考制度或主张废止高考的人,往往只看到高考的消极面,却很少考虑到废止高考后的替代办法是否会出现比实行高考更大的弊端;有的文学界人士激烈反对标准化考试,甚至提出语文高考就专考一篇作文以便真实地考察学生的语文水平,他们忘了以往对作文这类主观题的评分误差曾进行猛烈抨击,指出误差十几分是"草菅人命";而教育学界尤其是对高校招生及考试较有研究的学者,却对高考改革问题较为慎重,很少轻言废止高考。高校招生考试是一个世界性的难题,其中问题很多,改革难度也很大,不存在十全十美或两全其美的招考办法。在一个重人情、关系与面子的国度和文化氛围中,高考是解脱人情困扰、维护公平竞争的重要手段。

90 年代以来,在反对"应试教育"的大环境下,各种报刊批评高考的文章很多,主张废止高考的人大代表、学者也不时出现,但教育理论界却很少作出有力的反驳,对高考的研究多偏重于考试技术和方法方面而相对缺少制度方面的研究。为了澄清有关高考改革的许多误解,如"统一高考乃计划经济的产物"、"统一高考是素质教育的障碍"、"高考为一试定终身"、"改掉统一高考是一种进步"等等误区,我在《高等教育研究》等刊物上发表了高考制度研究系列论文,包括《传统文化与高校招生考试改革》、《再论传统文化与高考改革》、《为什么要坚持统一高考》、《高考并非"一试定终身"》、《在理想与现实之间——三论坚持统一高考》、《高考存废与科举存废》、《高考改革中的两难问题》等等论文,从理论上较深入地探讨了高考制度的利弊,反驳了一些似是而非的观点,有些还是指名道姓地与对方商榷。这些论文对教育界乃至全社会关注的热点问题进行了冷静的分析,有力地维护了高考制度,其中研究咨询论文《论坚持统一高考的必要性》,还得到教育决策部门的采纳和肯定。

此外,我还对自学考试这种独具中国特色的大规模教育考试进行研究,也发表了一些论著,如主编的《高等教育自学考试比较研究》一书 2001 年 5 月由福建教育出版社出版。限于篇幅,不再详述。在同时进行古今考试制度研究的过程中,我的一点体会是,历史确实常常会出现惊人的相似之处,鉴古可以知今,知今也有助于通古。"观今宜鉴古"容易理解,而人们对"通古宜知今"的体会可能就较少一些。一般来说,"通于古者窒于今,长于论者短于用"。越了解现实社会的一些问题,也就越容易认识历史上相似问题的真相。参加过高考命题工作，便使我对科举考试中的许多问题有了更深入的看法。可以说，古与今是互补为用的。

六、"科举学"的构建

随着对科举研究的深入，我日益觉得科举研究实在是一个广阔而专门的研究领域，具有重要性、独特性、广博性和现实性，科举研究的范围涉及历史学、教育学、政治学、文学、社会学等各个学科领域，任何单一学科都无法覆盖或囊括科举研究的所有内容，而且科举研究历史悠久、人员众多、成果丰富，几成为一门国际性的学问。为了进一步深入研究科举并使之理论化和系统化，经过郑重的思考，我于1992年提出建立"科举学"的构想。当时撰写了《"科举学"刍议》一文，于1992年11月在全国第四届教育考试科研讨论会上作了大会发言，并在《厦门大学学报》哲社版1992年第4期刊出该文，引起了一定的反响与共鸣。1994年，又在《厦门大学学报》第1期上发表了《"科举学"发凡》一文。特别是近几年来，又连续发表了一系列的"科举学"论文，并组织其他学者撰写"科举学"笔谈等论文，这些论文多被人民大学复印资料、《高等学校文科学报文摘》或《新华文摘》所转载，《"科举学"——21世纪的显学》还获得福建省第四届社会科学优秀成果奖二等奖。实际上，"科举学"的内涵和意蕴是如此之丰富，其范围是如此之广泛，其成果是如此之丰硕，以至于在一定意义上说，"科举学"早已是呼之欲出，只是以往无人自觉发掘此说而由我提出来罢了。因此，"科举学"的诞生，可以说是实至而名归。

因为中国语言文字的特殊性，中国人向来有称"学"的习惯，如唐代已出现《文选》学、"策学"，后来的"敦煌学"、"红学"等，这种"学"并非严格意义的学科而只是专门学问的意思。但"学"字并不是一个可以随便乱贴的标签。任何一门专学，都应是义立而后名至。如果某一研究对象内涵不够丰富，并不具备成"学"的条件，而研究者却硬是将其加上"学"字，那么这种"学"也是不成体系且难以为继的。在"学"字满天飞的当代中国，我提出创建"科举学"是经过深思熟虑的。科举研究中有些边缘和交叉地带是各学科独立的研究难以顾及的，可以说是非"学"无以统摄、无"学"难以整合，只有将其作为一个整体,将其纳入一个学科系统或作为一个专门研究领域,加强理论思维和扩展视野,用"学"的眼光和意识,方能涵盖和包容,才能将科举研究进一步引向深入。因此"科举学"的出现并非任意的生造,而是自然而然、顺理成章的,也是势在必行的。

"科举学"虽是专学,却是一门综合性的专学,是多学科汇聚和交融的产物,即跨学科研究的结果。"科举学"可以成为研究中国社会历史文化的独特视角,从此视角观察,可以看到一个古老而全新、广阔而专门的学术视野,具有远大的发展前途。教育部考试中心原主任杨学为研究员在《厦门大学学报》1999 年第 4 期发表的《中国需要"科举学"》一文中认为,首倡"科举学",是很有远见的创举。我确信,在一个富有丰厚考试文化的国度中,无论是现实改革借鉴的需要还是学术研究自身的内在动力的驱使,都会推动科举研究走向繁荣,"科举学"将成为 21 世纪一门烁然可观的显学。

总之,多年来,我从事跨学科研究,在历史与教育的结合点上下功夫,取得了一些收获,但我深知山外青山楼外楼,更优秀的学者还大有人在。只是应《东南学术》杨健民副总编的约请,方敢将自己跨学科研究的一些学术体验形诸文字。为学之道,甘苦并存。依我的看法,做学问是一件很快乐的事,学问之根苦,学问之果甜,或者说是苦中自有乐,乐在吃苦中。令人烦恼的是自己虽很想安心宁静地做学问,却身不由己常须应付一些非学术的挑战,真乃"树欲静而风不止"。但我想,只要自己志向坚定,就能排除外界各种干扰。正如郑板桥的那首《咏竹》诗所言:"咬定青山不放松,立根原在破岩中;千磨万击还坚韧,任尔东西南北风。"竹是一种刚柔相济、外柔内刚的生物,具有坚韧不拔的意志和淡泊谦冲的气质。记得我第一次发表文章是在 1980 年,那是一篇题为《写竹三思》的散文,其中谈到竹的品格是"未出土时先有节,及凌云处总虚心"。做一个学者不是也应有如此品格和风骨么?

上山下乡时,我总觉得青山和蓝天都很美,但最耐看的部分还是远处青山与蓝天的交接处,因为天的边际特别湛蓝,山的边缘格外青绿。或许学科交叉处也与此类似。

（原刊《东南学术》2001 年第 5 期"跨世纪学人"专栏）

在"耶鲁大学中国经济论坛"作演讲后留影(2010 年 4 月)

写好人生这本书

　　"人生",这是个多么深奥的字眼!古往今来,有许多哲人毕生探索它的意义;无数的文学大师,写出了大量发人深省的诗歌小说;每个热爱生活的人也或多或少地会思考这个问题。关于人生的思索,能使我们更聪敏起来。

　　人生一世,草生一春。什么是人生? 有人说:"人生是痛苦"、"人生在世,吃穿二字",又有人说:"人生是花"、"人生若梦",如此等等,不一而足。然而,人生的意义究竟是什么呢?

　　泰戈尔说过:"人生是短暂的,它不过是荷叶上的一颗露珠。"人生的最大期望在于幸福,而一个人幸福或不幸福就看他对幸福是怎么样的看法了。古人曾发出"对酒当歌,人生几何"的感叹,有的人漫无目的地活在世上,做一天和尚撞一天钟,庸庸碌碌地度过一生;有的人醉生梦死,认为人生乃是天地间匆匆过客,死后能占一抔黄土就是他的最大目的;也有人追求真理,奋斗终生,"留取丹心照汗青";更多的人是在默默无闻地造福人类。的确,我们不仅要懂得怎样活着,而且应该懂得怎样生活!

　　生活的道路很少有笔直平坦的,它一再把十字路口伸到我们脚下。怎样才能达到理想的境界呢? 应该相信,自己是生活的战胜者。我认识一位历史老师,新中国成立前夕就是厦大的中共地下党员。1957 年他被划为右派,"文革"中又因为说了"'万寿无疆'有点封建味道","女皇一上台,天下就大乱"而被打成反革命。他的妻子把他掩埋的日记、著作手稿都挖出来,揭露他的"罪行",并与他离婚,以表示同这"睡在身边的赫鲁晓夫"决裂。红卫兵打他,他回家后就喝尿去伤。后来他被遣送到农场去放牛养猪,有时甚至与猪抢番薯吃。就是在这种逆境中,他仍然看完了《本草纲目》、《黄帝内经》等医学巨著,并学会了针灸,常帮人治病。粉碎"四人帮"后,他还遭批斗,成天扫地。如今已平反了。我问他这些年是怎么过来的,他回答说:"活着是幸福的。因为我有自己的信念,我还有几本书要完成。否则,这些灾难大可使人去自杀了。"的确,如果你有崇高的追求目标,有热切的事业心和坚韧的毅力,你就会发觉"人生从来不像意想中那么好,也不像意想中那么坏"(莫泊桑语)。

人生与忧患俱来,因此,人生的真谛就是斗争。怎样才能把人生这本书写好呢?劳动!只有辛勤的劳动,才有可能经历到人生的全部甘苦。李大钊说:"我觉得人生求乐的方法,最好莫过于尊重劳动。一切乐境都可由劳动得来,一切苦境都可由劳动解脱。"苦中自有乐,乐在吃苦中。人生是一部很难写的长篇小说,在这书中没有句号,只有省略号……让我们在上面书写光辉的一页吧!这样,我们才能无愧于"历史"这位人生之师。

我觉得,人生的真正目的,在于认识无尽的人生,人活着是为了使自己和别人生活得更幸福。

(原刊《厦门日报》1980 年 10 月 11 日)

奖掖后学　薪尽火传

对待后辈学者的态度,影响到一位大学教师的声望和口碑。乐于奖掖后学者,在其人故去之后,学问更可能薪尽火传。

2009 年 10 月 5 日,北京师范大学教授、教育史学科带头人王炳照老师驾鹤西去,中国学界痛失一位教育史研究的大家。10 月 11 日,我专程到北京八宝山参加了王老师的遗体告别仪式。

作为新中国教育史发展的历史见证人和推动者,王炳照老师的学术生涯与中国教育史学科的发展结下了不解之缘。他主编的《中国教育思想通史》以及与李国钧先生共同主编的《中国教育制度通史》,与李国钧、李才栋先生合作主编的《中国书院史》,成为中国教育思想史和教育制度史、中国书院史的集大成之作,影响重大。他在先秦教育研究、孔子研究、书院研究、科举学研究、蒙学以及传统文化与现代化研究等方面均取得了一系列的重要成果,为中国教育史的发展和繁荣作出了突出的贡献。他的研究成果获得过国内文科的各类最高奖项。可惜天不假年,如果王老师能再工作十年,对中国教育学界的贡献一定还更大。

我并非王炳照老师的及门弟子,但他于我有知遇之恩。1994 年,博士生导师资格评审首次由国务院学位委员会学科评议组下放给有关大学。当时处于过渡阶段,还需请校外专家到学校来开学科评审会,投票通过后由学校学位委员会评审,再投票通过后再报给教育部,之后还要将名单送给各位学科评议组成员过目,都没有异议,才算正式通过。当年,身为学科评议组成员的王炳照老师专程从北京来厦门大学,评审我的博士生导师申请。当时全国极少有 35 岁以下的文科博导,要接纳我这样一个年轻教授为博士生导师,可想而知需要突破一定的心理界限。而在王老师的主持下我顺利通过了学校的学科评审,也于该年遴选为博导。这对我是极大的鼓励,于此始终未敢忘怀,至今感激在心。

王炳照老师后来与我还有不少学术交往,不必一一列举。他与其他年轻学子的交往还更多,对后学的奖掖和帮助,还有许许多多事例。他的弟子曾以《敬业勤学,乐观豁达》为题,总结王老师的学术生涯和海人之道:先生以宽广博大的胸襟、平易近人的人格魅力,使学生受到潜移默化的影响。每一届新生开学,先生总要召集不同导师的所有同学一块开个见面会,增强师生之间的理解,反复强调大家不要有门户之见,在学做学问的同时,同样重要的是学会做人,学会合作,相互关心,增强集体认同感。在许多人的眼里,王老师属典型的燕赵慷慨豪杰之士,不以物喜,不以己悲,有容乃大,笑对人生。

而今,这么一个向来乐观豁达、善待后学的智者,这么一个总是给人精神爽朗、幽默而阳光的印象的长者,病后不久就忽然离去,怎不令人悲从中来?

是否善于培养人才,往往关系到导师的学术能否得到传承和发扬光大。与韩愈同时活跃于中唐时期的元稹、白居易,诗文和影响在当时不亚于韩愈,但正如陈寅恪在《论韩愈》一文(《历史研究》1954年第2期)中论及韩愈"奖掖后进,期望学说流传"时所指出的:"退之同辈流如元微之、白乐天,其著作传播之广,在当日尚过于退之。退之官又低于元,寿复短于白,而身殁之后,继续其文其学者不绝于纪,元白之遗风虽尚或流传,不致断绝,若与退之相较,诚不可同年而语矣。退之所以得致此者,盖亦由其平生奖掖后进,开启来学,为其他诸古文运动家所不为,或偶为之而不甚专意者,故'韩门'遂因此而建立,韩学亦更缘此而流传也。"扶植后学成长,不仅不会影响自己的地位,反而能延续自己的学统和文脉,但愿所有著名学者都能够明白这个道理。

并不是所有学者都能善待后辈学子的,也有的学者妒才嫉能,不愿后辈学者可能与自己平起平坐,或生怕后辈学子超过自己。而王炳照老师对待后辈学者的扶持是有口皆碑的,因此有"桃蹊李下,炳烛千秋照后学"的评价。

王炳照老师的逝世是中国教育史学科的重大损失,也是中国教育学界的重大损失。去年3月,研究中国大学教育发展史的曲士培先生也是突然离去;今年3月,书院研究专家李才栋先生也重病不治。当这些七八十岁的著名学者一个个玉树凋零之后,中青年学者如何才能将他们的未竟事业加以继承和发扬呢?

　　学术的发展须经几代人的努力，不断积累传承，才能达到一个较高的层次，这是一个薪火相传的接力。善于培养和奖掖后学，即使斯人已逝，也能薪尽火传。

　　（原刊《中国教育报》2009 年 10 月 19 日）

联合攻关与独立研究各有所长

一本学术著作是个人独立完成的好，还是多人合作研究、共同署名的好？这要看具体的情况。

独立研究与联合攻关，有如小提琴独奏与交响乐的比较，很难说哪一种更好。

日前，我作为项目首席专家，到北京参加了教育部哲学社会科学研究重大课题攻关项目成果出版座谈会。众多专家济济一堂，汤一介、杨叔子、林崇德等先生作为攻关项目首席专家代表发言，还有新闻出版署、财政部、教育部领导讲话，并举行了向国家汉办、国家图书馆、首都图书馆的赠书仪式，场面隆重而热烈。

教育部哲学社会科学研究重大课题攻关项目计划从 2003 年开始启动，是教育部促进高校哲学社会科学繁荣发展的一项重大举措。作为教育部社科研究的重中之重，攻关项目的研究成果最终被汇编为"教育部哲学社会科学研究重大课题攻关项目成果文库"，由季羡林先生题词，并由经济出版社统一出版发行。

这套攻关项目成果文库首批出版了 34 部，都是各攻关项目的最终成果，我牵头完成的《高校招生考试制度改革研究》也在其中。各书封面顶部由欧阳中石题签，在深红底色上印上烫金书名，显得典雅、高贵和喜气。在我已出版的 10 余本著作中，这本书的封面设计最为耐看。

2003 年 12 月，由我任首席专家的教育部哲学社会科学重大课题攻关项目"高校招生考试制度改革的理论与实践研究"，经过竞标答辩后获得批准立项。该项目由厦门大学教育研究院和其他机构，包括国家教育招生与考试主管部门和一些省市考试院的人员参加，是名副其实的联合攻关项目。

钱钟书曾说："大抵学问是荒江野老屋中，二三素心人商量培养之事。"或者说，学问往往需要学者甘于寂寞、静心凝虑。而攻关项目的最终成果，却是众人联合攻关、分工合作的产物。那么，到底真正的学问是联合攻关还是独立研究更好呢？

关键要看学科的性质和研究对象。有的学者认为,人文学科不适宜大兵团作战,只适合个体研究。我以为,从大的方面来说,适合联合攻关研究的程度,工科、理科(数论等除外)、社会科学、人文学科、文艺创作依次递减。文学艺术主要依靠个体创作,现代科研需要联合攻关。思辨性的研究较适合独立从事,实证性的研究较需要合作研究。

不过,即使是人文学科,也不都是只适合个体写作,也有需要联合攻关的部分。历史上修《永乐大典》、《四库全书》等卷帙浩繁的文化大典,或者像宋代修《册府元龟》,清代修《全唐诗》、《全唐文》等等大部头著作,都是汇聚众人的力量才能够完成的。至于像编《古今图书集成》之类的鸿篇巨制,就更是需要大量人力物力和财力的投入。《二十四史》的标点本,也是依靠众多专家的辛勤付出才得以完成的。

以这次首批攻关项目成果为例,像北京大学汤一介先生主持的《儒藏》工程,就属于十分浩大的文化工程,凭一己之力是无论如何都做不出来的,只能采取联合攻关的方式。如果是撰写某一领域通史,一般都得集体合作才能在三五年内完成。联合攻关的成果往往成系统、成规模,工作量大、影响面广,在人文学科中也有合适运用的方面。

同时,我们也应该看到,真正的学术名著或传世名篇往往是个人独著。集思广益当然重要,但灵感的闪现和思想的光芒更多是个人独立思考的结果。无论是人文还是社会科学,传世的大部头汇聚着众多学者的劳动成果,而学术精品更多的还是个人著作。

负责组织联合攻关是一件苦差事。我在《高校招生考试制度改革研究》一书的后记末尾写道:"很少有什么人文社会科学类的研究课题像教育部哲学社会科学重大课题攻关项目这样竞争激烈,而且要求严格的。申请投标、鉴定会议都要正式答辩和投票,那阵势仿佛是博士生参加答辩。拿到项目后,作为首席专家,重任在肩,因此完成项目通过鉴定,交出书稿之后,就像卸下一副重担,轻快许多。"

确实也是,如果我现在还在承担攻关项目,就不敢答应《中国教育报》来开设专栏,也无心和无暇写学术随笔,您也就不会看到眼前这篇文章了。

(原刊《中国教育报》2009 年 9 月 21 日)

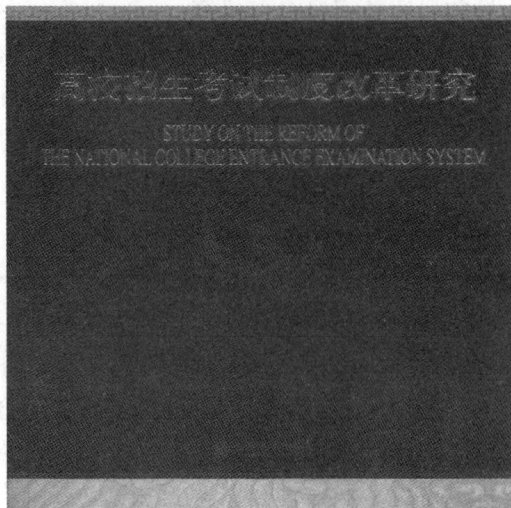

《高校招生考试制度改革研究》封面，
该书于 2012 年 10 月获吴玉章人文社会科学一等奖

载着光荣与梦想远航

三十而立。一转眼厦门大学教育研究院的办学历史已届三十了。凡事过了三十年,多少有些值得总结的地方,更何况是一个全国最早的同类机构。

1978 年 5 月 17 日,厦门大学成立高等教育科学研究室,这是中国最早成立的以高等教育为研究对象的专门研究机构,是在理论界突破思想束缚、学术界春风劲吹的时候,应运而生的产物。可以说,厦门大学高等教育学科是伴随着思想解放的春风诞生,沐浴着改革开放的阳光成长的。

虽然在 1984 年发展为厦门大学高等教育科学研究所,2004 年改称教育研究院,但院的历史就像大学校龄的计算办法,关键在其与前身机构是否具有连续性和继承性。高校的校庆年份计算通常从高等教育层次的办学历史算起,也许这所大学最初只是"学院",或者连学院之称都还没有。近年来,我曾主持过多所大学的百年校史论证,并承接教育部委托的"确定校史起源的原则与标准研究"课题,得出结论为,一般改名不影响校史的连续计算,尤其是 90 年代以前曾举办过校庆者,其年份可以累加起来。1988 年和 1998 年,高教所曾举办过 10 年、20 年纪念学术研讨会,现在的院庆是再一个 10 年后的累加。

其实,厦门大学教育学科的渊源还可以追溯得更早,有着深厚的历史底蕴。1921 年 4 月厦门大学建校时便设有师范部,同年 11 月改为教育学部,1930 年厦门大学已成立教育学院,设有教育方法学系、教育行政学系、教育心理学系,1932 年新增教育原理学系。1936 年,教育学院又合并为教育学系。当时曾有一大批全国著名的教育学家在厦门大学任教。1954 年院系调整时教育学系调出,改设教育学教研室,直到"文革"前夕。1978 年建立高教研究室之后,进入了一个快速发展的时期。30 年来,厦门大学教育研究院的发展历程可以说是中国高等教育学科发展的一个缩影。

高等教育学是一门新兴的、发展迅速的学科,其研究领域相当广泛。作为中国高等教育学科的发源地,在学科创始人潘懋元先生的带领下,厦门大学高等教育学科苗壮成长,创造了许多全国第一。在前二十年发展的基础上,近十年来,又建立了教育部文科重点研究基地厦门大学高等教育发展研究中心,建立了博士后科研流动站,建立了"985 工程"建设项目"中国特色高等教育体系"国家创新研究基地,完成了"211 工程"第一、二期重点项目并进入第三期建设,设立了高等教育学博士生访学基地。从原来一个高等教育学博士点和硕士点,发展到有高等教育学、教育史、教育经济与管理三个博士点,一个教育学一级学科硕士学位授权点,以及一个发展与教育心理学硕士学位授权学科。为了保持高教特色和优势,研究院强调拓宽学科平台,坚持高教方向。

作为一个规模不大的研究院,我们不求最大,但求最好。教学科研既重量,更重质,在重视量的同时,力求以质取胜。尤其是中国高等教育研究已经进入一个百花齐放、百舸争流的局面,研究院的发展也如逆水行舟,不进则退。如何在未来的岁月里迎接挑战,更上一层楼,如何在全面发展、走向国际化的同时保持特色,是我们需要认真思考的问题。

"百年能几何,三十已一世。"厦门大学教育研究院的发展历程在中国高等教育研究史上留下了深刻的印记,随着其培养的人才发挥越来越大的作用,随着高等教育学科在中国的日益兴盛,30 年前创建第一个专门研究机构的重大而深远的意义,相信还将在未来的岁月中更加显现出来。

厦门大学教育研究院就像一艘航船,从最初的一叶扁舟,发展变化成为一艘巨轮。在 30 年的航程中,经历过多次的更新换代。潘先生就是我们的老船长,教师则有如船上的水手和船员。一届一届的学生有如船上的乘客,航行一段时间后便停靠上岸了。但是离开这艘船的人们,仍然不忘在船上的生活岁月,在这艘船 30 华诞的时候,又回来聚会了。无论是我们的船员、曾经的乘客,还是专程来参加 30 年院庆的嘉宾,都感到格外的高兴。

让我们同舟共济,一起为这艘船加油,迎接风雨与挑战,载着光荣与梦想去远航。

(原刊《厦门大学报》2008 年 5 月 11 日)

国家教育咨询委员会成立小记

人的一生总会经历大大小小各种事情,有的事情如过眼云烟,有的事情却印象深刻。最近我亲历了国家教育咨询委员会的诞生,便属于后者。

2010 年 11 月 18 日,"国家教育咨询委员会"在北京宣告成立。这是中国教育史上首次设立的专门对教育重大改革发展政策进行调研、论证和评估的国家级咨询机构。国务委员刘延东出席了国家教育咨询委员会成立暨第一次全体会议,并向全体咨询委员一一颁发了聘书。作为受聘的首届国家教育咨询委员会委员之一,我也在京西宾馆会议楼见证了这一重要时刻。当我从国务委员刘延东手上接过印着大大的烫金国徽章的聘书的时候,既高兴,又深感责任重大。

刘延东国务委员向刘海峰教授颁发国家教育咨询委员会委员聘书(2011 年 10 月)

国家教育咨询委员会第一届委员共有 64 名,其中担任过大学和中学校长的 22 人,全国人大代表和政协委员有 18 人,现任或曾任民主党派中央、人民团体副主席的有 12 人,中科院院士、工程院院士有 10 人,国务院参事 4 人,担任过省市领导的 8 人,担任过部长、副部长的 11 人。委员的平均年龄为 63 岁,具有广泛的代表性。

第一届咨询委员中,既有顾明远、周远清、陶西平等一级学会的负责人,也有郝克明、谈松华、张力等多年在教育部为国家教育发展作决策参谋的专家;既有王湛、韦钰、吴启迪、张天保等教育部原副部长,也有许智宏、杨福家、朱清时等著名大学的老校长;既有国务院参事室主任陈进玉,也有中央文史馆馆长袁行霈,还有徐冠华、杨乐、王通讯等其他界别的著名人士。这份经有关部门研究推荐并报国务院领导同意的壮观的名单,真可谓一时之选。

根据《国家教育咨询委员会章程(草案)》,该咨询委员会主要职能包括,对重大教育政策、重大改革事项进行论证评议,提供咨询意见;开展调查研究,对解决教育改革和发展中的重大理论和现实问题提出政策建议;对国家教育体制改革试点以及重大项目实施情况进行评估、报告。国家教育咨询委员会由国务院下设的"国家教育体制改革领导小组"(组长刘延东)直接领导,并对领导小组负责。

刘延东指出,根据教育规划纲要的要求,成立国家教育咨询委员会,是贯彻中央关于科学民主决策精神的重要举措,是遵循教育决策规律的必然选择,是制定教育规划纲要的经验总结,同时也是在借鉴国际经验基础上的一种制度创新;咨询委员具有高层次、多领域、跨部门的特点,不仅会对保障和推动我国教育改革发展发挥重要智囊作用,也将对健全中国特色教育决策咨询体系作出有益探索。她强调,国家教育咨询委员会成立之际,意味着为中国教育改革作出庄重承诺,委员们不仅是获得荣誉称号,更是接受了人民的重托,希望各位委员认真履行职责,不负历史使命,坚持正确政治方向,珍惜荣誉,发扬传统,"不唯书、不唯上、只唯实",贴近教育基层,贴近社会各界,贴近管理决策,尽心竭力为建设中国特色现代教育体系、办好人民满意教育作贡献。

20 世纪 80 年代以来,一些发达国家就开始委托一些第三方机构开展调研,供政府在重大决策时参考。美国 1981 年成立的"高质量教育咨询委员会",日本 1984 年成立的"临时教育审议会"(后来为"中央教育审议会"),韩国 1994 年成立的"教育改革委员会",都逐渐成为各国教育决策的高层智库。中国成立国家教育咨询委员会体现出教育管理体制与国际接轨。

国家教育咨询委员会工作方式有专业性,也有灵活性,调研活动可以独立进行,"分兵作战",可以"微服私访",也可以协同相关部门联合开展,有"定点跟踪指导"、"提交专题报告"等多种灵活形式。

可以说,从开始制订《国家中长期教育改革和发展规划纲要》以来,就进入了新中国历史上最重视教育的时期。国家教育咨询委员会是根据《规划纲要》第四十七条成立的,目的在于提高政府决策的科学性和管理的有效性,是中国教育决策走向科学化民主化的一个重要举措。袁贵仁部长希望国家教育咨询委员会成为一个有水平、有威信、有热情的咨询机构,所起作用能够得到社会的公认。

成立大会期间,讨论通过了《国家教育咨询委员会章程》、《国家教育咨询委员会工作规程》。成立大会翌日,紧接着召开评审会议,分组审议了各地申报的 426 项改革试点项目。委员会的重要任务之一是推动国家教育体制改革试点工作,通过试点先行的办法,保证改革既积极又稳妥地推进。对应《规划纲要》确定的 10 大试点任务,咨询委员会也相应分为 10 个工作组,分别为:推进素质教育改革、义务教育均衡发展、职业教育办学模式改革、终身教育体制机制建设、创新人才培养模式改革、考试招生制度改革、现代大学制度建设、办学体制改革、保障体制机制改革、省级统筹综合改革。

我被分在"考试招生制度改革"组。作为高等教育学和教育史专业的学者,我研究中国考试历史与现状已有 20 多年,对考试招生制度尤其是高考改革多有思考,理当为推进中国的考试招生改革贡献绵薄之力。我想,只要咨询委员们集思广益,齐心协力,尽力而为,相信这个最高教育咨询机构在中国教育的改革与发展中一定能做好高级参谋,成为国家教育决策的智囊团和思想库,其重要作用在未来的岁月中将日益显现出来。

(原刊《科学时报》2010 年 12 月 7 日"海峰随笔"专栏)

文学行走

凤凰树下随笔集

秋月无边

　　凝望无边秋月，很容易使人产生无边的思绪。

　　月亮实在是一个神奇的物体，皎洁、高雅，守时、孤单。虽然她的圆弧边界清晰，但洒下的银光却无边无界，给人类带来无尽的清光和情思。

　　永远如期而至，月亮升沉消长总有规律可循，我们的阴历至今还以月亮的起落为依据，农业耕作还按月历来安排。在夜空中，星星的亮度毕竟太小，因而月亮显得形单影只。这么一个大圆盘，为什么不多不少，只有一个？如果没有这一个月球，地球将会多么孤独？至于不知道宇宙真实情况的古人，神秘的问题就更多了：为什么月亮会有阴晴圆缺？为什么会她从东走到西？为什么有时天狗会将月亮吃掉？……

　　今年横贯长江流域的日全食，再次让人们领略了月亮这一地球卫星的奇特。懂得了天文知识的现代人，可以准确地预测月亮遮蔽太阳的时间，可以预告哪些地区能够观察到日全食，哪些地方只能看到日偏食。日全食在特定区域发生有铁定的周期，因此天文学家和历史学家合作，得以通过先秦典籍"日再旦"的记载，也就是一天两次天亮的记载，在夏商周断代工程中准确地判断历史事件发生的具体年份。

　　月亮与中国古代教育也有不少的关系。重视教育的中华古人曾经留下许多借着月光读书的故事；明清时期 500 多年间，科举乡试第三场必定在八月十五这一天举行；一些学校的礼仪也是定在初一或十五的朔望时分。

　　中华民族特别钟情于月亮，留下了大量著名的诗词歌赋。而临近中秋时节，更是中国人望月怀远的日子，什么"海上生明月，天涯共此时"，什么"秋景今宵半，天高月倍明"等等，清词丽句，多不胜数。其实，不是中秋的月亮也很美。"江上之清风，山间之明月"，清雅之气袭人；"山高月小，水落石出"，意象高远，呈现出一种空灵幽静的境界……

　　阅读或吟诵中国古诗词，经常会有一种悠远隽永的感觉，一种清新写意的情思。尤其是那些描写山水花木等自然景色的古诗，更有一种难以言传的意境。在环境问题日渐突出的现代城市，"明月松间照，清泉石上流"之类的景观，只能从古代诗词中去寻找。我以为，相对于生活中和现实中，中华文明有很大部分是藏存于书籍中、古典中。

在各种自然景色中，山川会变，桑田会变，但是古往今来，月亮却一成不变。秦时明月汉时关，这还是李白举杯邀饮过的月亮，这还是苏轼把酒询问过的月亮。不去想阿波罗号曾经到达过那里的情形，多想象嫦娥向往飞奔而去的琼楼玉宇，月亮在我们的心目中依然充满诗情画意。

明月除了容易触发人们的思古之情以外，还很容易引起人们的相思之情和思乡之情。现今全球化时代，天堑变通途，真正做到天涯若比邻，即使远在天边，也可以随时发电子邮件、通电话，或者实在想念极了，可以乘飞机赶去相会。古人因为交通不便，别时容易见时难，相思是一种常见的情怀，"云中谁寄锦书来，雁字回时，月满西楼"。正是因为返乡不易，才有"举头望明月，低头思故乡"这样的诗句，正是因为明月普照大地，南北不同地方的中国人都能同时沐浴其清辉，所以可以千里寄相思，可以寄托对亲人、恋人、故乡的思念之情。

当今社会，"相见不如怀念"，让人感觉遥远的更多是心理距离而不是地理上的距离。大自然壮丽的景色有时能够让人产生莫名的感动，多看看月亮，或许能使自己离自然、离亲人更近一些。

自去年正式将中秋等传统节日定为法定假日以后，中秋节的人文意涵得到了一定程度的充实，团圆的家庭比过去大为增加。人民大学纪宝成先生提出此议案，体现出高校学者的社会责任，对民族文化的复兴，真是功德无量，善莫大焉。

"江天一色无纤尘，皎皎空中孤月轮"的景象在现代都市中已难得一见了。如果有"城里的月光把梦照亮"最好，若在大城市能见度很低的话，不妨设法到郊外空旷地带走走，或者专程到乡间去旅游，不为别的，只为看看一轮满月或一弯新月，这可能比到熙熙攘攘的旅游点去人挤人有意思得多。若用上一副望远镜，你看到的月亮还会清晰几倍。

如果生活在乡间，就更能感受大自然的恩赐。沐浴月光是不分贫富贵贱和地区差异都能享受的一种权利。假如遇到月食的话，更是尽量不要错过，因为人生中能够看月食的机会毕竟不是很多，而看到的月亮又会是另外一番景象。

　　太阳通常无法直视，月亮却可以尽情地眺望。我觉得，银色的月光能够洗涤人的心灵，减却尘世的烦恼，使心境更为澄明。因此，不要等到中秋，不要等到月圆，只要遇到有月亮的时候，就应该多抬望眼，好好看看月亮，你对世界、对生命都会有更多的感悟。

　　无边秋月，秋月无边。

　　（原刊《厦门日报》2009 年 9 月 28 日）

写竹三思

竹的品质

竹子是崇高品质的象征。在人们心目中，竹是一种高尚的、向上的、健康的、富于生机的比拟物，"玉可碎而不可改其白，竹可焚而不可毁其节"，就是其高尚情操的真实写照。

"根生大地，渴饮甘泉，未出土时先立节；枝横云梦，叶拍苍天，及凌空处总虚心。"这首咏竹词最能体现竹的品质了。自古以来，除了杜甫说过"恶竹应须斩万竿"以外，人们对竹子大抵只有赞美，很少贬抑。早在春秋时期，《诗经》中就有歌颂竹子的篇章："瞻彼淇奥，绿竹猗猗；瞻彼淇奥，绿竹青青"（《卫风·淇奥》）。人们称颂竹的虚心劲节、坚贞不屈，把它列为松、竹、梅"岁寒三友"之一，人们钦羡竹的高风亮节、清高脱俗，把它誉为梅、兰、竹、菊"四君子"之一。竹子，确有"君子遗风"。

郑板桥《咏竹》诗云："咬定青山不放松，立根原在破岩中。千磨万击还坚韧，任尔东西南北风。"竹子是顽强不屈、坚韧不拔的，人人都懂得雨后春笋的力量。画家能画出竹子的千姿百态，却难于画尽竹子的崇高美德。竹简埋在地下几千年也不会腐朽，难怪有人誉其为"植物中的钢铁"了。竹子的自我牺牲的精神，更是令人感动，做脚手架也好，做艺术品也好，它总是安之若素，任劳任怨，粉身碎骨也心甘。

为人类鞠躬尽瘁，死而后已——这就是竹的品质，这就是中华民族的品质。

竹苞松茂

以竹作画吟诗，是我国的一个传统。画竹又叫"写"竹，从"无'个'不成竹"等笔法中很容易看出书画同源的关系。古往今来，有许多诗人把竹子写进他们优美动人的诗章；无数的丹青妙手，把竹子画进了他们发人深省的画卷。竹子丰富了我国诗画艺术的内涵。

竹子是中国画中一个永恒的主题。宋朝擅长绘竹的画家文与可，不避风雨冰霜，终年细心观察竹子在不同自然环境中的不同姿态，结果，画竹不打草稿，任意挥洒，神态毕具。同时代文学家苏东坡赞其"胸有成竹"。清代"扬州八怪"之一的郑板桥，"四十年来画竹枝，日间挥写夜间思"，总结出"冗繁削尽留清瘦，画到生时是熟时"的写竹经验。古代的文人君子、墨客骚人也总爱吟咏这"湘江遗怨"。历史上，关于竹的优美浪漫的传说也很多。明代理学家王阳明对着竹子痴坐七天，企图"格物"致知；西晋"竹林七贤"常集于竹林之下，肆意酒畅，任意挥笔；唐朝"竹溪六逸"在竹溪结社，诗酒流连，李白在其中也写出不少脍炙人口的诗章。我觉得，竹子本来就是诗。

竹报平安

竹子又是平安的象征，成语"竹报平安"中的"竹报"意为家书。古人说"人家住屋，须是三分水，二分竹，一分屋方好"，在我国江南一带，有人家的地方总有竹，而墓地旁边则大多是树林。

竹子可谓与我们中国人结下了不解之缘。在我们闽西，真是竹的世界，茂林修竹触目皆是。竹屋、竹船、竹车、竹绳，还有竹做的桌、椅、床、席、篮和工艺美术品等等更是开眼可见，不可胜举。竹还是笙、竽、箫、笛等民族乐器的材料。难怪古人会说"不可一日无此君"。的确，不可一日无此君！

"风晴雨雪月烟云，岁寒高节藏胸腹。"竹确是仪态万千：新竹丛篁柔筱，翠烟如织，清隽疏爽致之；老竹霜根错节，风雨不摇，有拂云擎日之态；晴竹清森映目，秀杰之气在雅淡之中；雨竹滴沥潇湘，轻筠摇风，使人似闻"竹响共雨声相乱"。涉猎于竹林之中，青青竹色，淙淙水声，满眼潇云，令人耳目为之一新，尘心俱灭。竹子，给人以启发，以深思和勇气。

（原刊《龙岩文艺》1980 年 9 月 5 日）

孔明灯

你见过孔明灯么？在我故乡，清明时节，天空中常常飘着一个个载着火把的灯笼，它拖着一缕青烟，飞得老高。那便是我儿时令我神往的孔明灯了。

做孔明灯可有意思啦。砍下竹子，破成竹篾，扎成一个圆柱形的框架，四周和顶上糊着土产的毛边纸，便成了一个庞大的灯笼。这时，在底下绑个铁丝网兜，装上松明，点着。因为热气上升，孔明灯便带着一股浓郁的馨香，像一座小房子似的慢慢升腾起来，飘向广漠无垠的天空。它寄托着我童年多少美妙的梦幻呵！

我们乡下有一条不成文的规矩：凡因松明烧完掉落的孔明灯，谁先捡到就归谁。有时，远处飘来一个孔明灯，像降落伞一样摇摇晃晃地落下来，我们成群的孩子，在早春的草地上，迎着片片白云，蹦呵跳呵，不知有多么高兴！

可是，"红色风暴"来临了，有人说孔明灯是"三封""四旧"，不准放！我那童稚的心充满了不解与忧伤。那以后，再也没看见孔明灯了。

光阴荏苒，十年过去了，又回到阔别的乡村。

那是 1977 年清明时节，雨后的阳光格外明媚，溪水在哗哗地喧闹着。我踏着满田新绿迎接陈老师归队。

他原是历史老师，"文革"中因说"万寿无疆有点封建味道"，被打成反革命，开除教职回到乡里。他年逾花甲，但精神矍铄，身子骨还挺硬朗，看那干活的架势，你还当他是老农呢。

进到院落里，只见他在破篾。我便问："陈老师，要走了，还编什么？"

他神秘地笑了笑："孔明灯。"

"孔明灯？"它唤起我多少美好的回忆！

陈老师停下手中的活："这些年不许放了……你不知道孔明灯的来历吧？传说是三国时诸葛亮发明的，一次蜀魏交战，诸葛亮叫人扎了许多这样的灯,铺天盖地地飘到曹操大军的头上,曹军疑是什么天兵神将,吓得大败而逃。以后人们就把它叫作'孔明灯'。放孔明灯也渐渐成了一种民间游艺。"

他凝视着远山与蓝天的交接处,继续说道:"解放前,我们曾用它给游击队报过信。测好风向,算好要烧几块松明,让它烧完刚好落在某一地带。用这办法,我们给山里的游击队送过些许多的盐和药品……去年清明,我们还偷偷在孔明灯上写上悼词,悼念敬爱的周总理。现在落实政策了,我就要回校教书了,我做这个孔明灯,寄托我对养我育我的乡村的一缕情思……"

傍晚,孔明灯同农家的袅袅炊烟一道,冉冉地升起。在满天繁星中,这是最大最亮的一颗……

（原刊《闽西文丛》1981 年第 1 期）

登高山抒怀

早春二月,我到昔日龙川八景之一的登高山踏青览胜。

从龙川河谷拾级登高,龙岩城尽收眼底。龙岩盆地"东临翠屏东宝,南向麒麟天马,西望龙灵紫金,北倚西山支山"。龙岩城,像一颗宝石镶嵌在闽西这块巨大的翡翠上,藏在大山胸腹里,群山怀抱中。"环岩皆山也"(《龙岩县志》),龙岩的地势的确像欧阳修《醉翁亭记》中所描写的滁县,而登高山独秀于盆地中央。王有容诗云:"一峰南郭外,搔首可询天;孤峭飞千仞,凌云落山仙",道出了登高山的风姿。

登高山耸立于城之正南,形如偃月与龙岩城一衣带水,山脚下的龙川河舒徐婉转,曲折东去。"俯瞰龙川,树木尤美,望之蔚然深秀",现在人民政府正把登高山辟为公园,已修建了梅花亭和临江六角亭,可惜树木还不够茂盛。从前这里曾是一个花繁林密、风景幽美的好去处,有诗为证:"林花助清妍,山禽发幽响,沈吟谐物情,览结极萧爽";此外还有"山横郭外清如洗,树接云间翠欲流"之句,可见以前此地是可以闻到鸟语花香的。

鹄立山顶,饮八面来风,鸟瞰岩城,高楼小屋栉比鳞次,太阳照在龙川河上,浮光耀金,河水婉若游龙,滔滔逝去,令人油然萌生一种深沉的思古之情。龙岩在晋代时为新罗县苦草镇,唐朝开元二十四年(公元 736 年)在新罗口设置了新罗县,隶属于汀州。因县东四里的翠屏山有大小两个龙岩洞,所以到了唐天宝元年(公元 742 年),便把县名改为龙岩。后又改隶漳州。清代从漳州府分出,设立了一个龙岩州,作为漳汀之间的中间地带。新中国成立以后,把汀州府和龙岩州合并为一个龙岩地区。迄今龙岩已有一千余年的历史了。而登高山似一历史老人,沉静地注视着阳光下躺着的龙岩城。想当年,龙岩乃是闽西一个人文荟萃的奥区。白天,行人如织,摩肩接踵,热闹非常;入夜,灯火明灭,悠扬的丝竹管弦和着动人的龙岩山歌,清风送乐,别有一派升平景象。当然,在久远的历史上也不无干戈之声,龙岩山地历来都有农民暴动和起义,红色根据地的人民有着光荣的革命传统。

　　"山不在高,有仙则名;水不在深,有龙则灵。"这里是邓子恢的故乡,毛泽东、朱德、陈毅,还有文天祥、太平军的足迹为龙岩城的历史增添了光彩。古代的墨客骚人也留下了一些诗句,的确,"江山还要文人捧"。在登高山上,人们可以"凭高散烦襟,遐眺豁幽赏;俯仰遂吾乐,此意同霄壤"。登高自卑,行远自迩。人们可在工余假日,登高望远,开拓心胸,或到登高枕潭击流水,陶冶情操——假如水是清的。可惜往日素湍绿潭、回清倒影的龙川河水已变得有点混浊了。

　　山川秀美,古今共谈。龙岩城物华天宝,人杰地灵,昔日在群山的怀抱中曾孕育过不少人才,然"数风流人物,还看今朝"! 从前偏僻的山镇已变成一个欣欣向荣的城市。往昔"浣纱早日谁家女,两岸菜村鸡送晓"的田园风光,已被车水马龙、川流不息的沿河公路和林立的工厂代替。过去的已成为历史,今天的龙岩城以其崭新的面貌出现在登高山下,龙川河畔。我相信,在不久的将来,必定会有更多的龙子龙孙脱颖腾飞!

　　美哉,古老的龙岩! 壮哉,年轻的城市!

　　(原刊《龙岩文艺》1981 年 6 月 1 日)

泉州访古览胜

暮春三月,抵鲤实习两天,参观访问了海交馆、开元寺、清净寺、安平桥、南天禅寺、洛阳桥、老君岩等几处名胜古迹。走马观花,美不胜收,只能略记几点。

刺桐港的兴衰

泉州,在中世纪是东方一颗灿烂的明珠,是我国海外交通的重要港口和东南沿海的著名文化古城,是唐山过台湾的祖家之一。

考古成果证明,早在先秦时期,泉州就是古越族居住的地方。公元前221年,秦王朝在泉设闽中郡,唐开元六年(公元718年)开始在泉州设州,泉州才形成一个独立的行政机构。

从海外交通史博物馆的介绍可以看出,泉州史就是一部伴随海上交通兴衰的历史。早在公元6世纪南朝时,印度僧人拘那罗陀曾两次来泉,住在九日山上翻译金刚经,现尚存"翻金石"遗址。随着我国南方经济文化的日益发展,唐代泉州已成为我国四大港口之一。当时的泉州是一个"市林十洲人"的人文荟萃的奥区,许多外国人前来贸易和传教。五代时环城植刺桐树,故外国人又称其城为刺桐港。宋元祐二年(公元1087年)泉州设立了市舶司。有元一代,是刺桐城的鼎盛时期,刺桐港成为我国第一大港。马可·波罗誉刺桐为"世界最大贸易港"之一,把她和亚历山大港媲美。当时,泉州和亚非近百个国家和地区有贸易往来,大量的丝绸、瓷器运出,进口商品则以香料和药物为大宗。想当年,"涨海声中万国商",刺桐港外,万航骈阗,风樯林立,舸舰迷津,好一派万千气象!刺桐城内,商旅云集,或是腰缠万贯的珠宝商,或是卖胡饼的穷波斯。如今,这一切早已灰飞烟灭了,但历史仍迈着稳健的步伐前进着。

到了明清时期,由于元末的战乱,明初的禁海和清初的迁界,以及倭寇和早期西方殖民者的侵扰，刺桐港渐趋衰落，但留下了星罗棋布的名胜古迹。漫步于大街小巷，还不时能发现一些古代遗迹，有些人家的对联也还有"刺桐鲤城"的写法。

紫云双塔

一进开元寺，一种庄严肃穆之感油然而生。寺的面积很大，确有一种气派，可想当年宋代鼎盛时期"食常万指"的热闹景象了。大雄宝殿前开阔的石砌广场，两边古榕树伸展开来，遮天蔽日。殿前台阶旁的狮身人面像，乃是随着佛教传入带来的印度文化特有的浮雕艺术，据说在我国是独一无二的。

紫云大殿，又称百柱殿，因建筑布局为百根柱子故名。殿中最值得注意的是斗拱上二十四尊半人半鸟的飞天乐伎。和敦煌壁画的飞天不同，这里的飞天是木雕，肩上有如西方天使的翅膀。每个飞天姿势各异，色彩鲜艳，具有典型的东方艺术风格，颇有研究的价值。殿旁有一棵古桑，这是传说中曾开过白莲花的仅存硕果。此树不知哪年被雷电一劈为三，残存的树干分别朝三个方向伸展开去，枝干虬曲，树冠依然繁茂。据讲解员说，它秋末才落叶，初冬就开始抽芽，待万物回春时，它已是绿叶成荫了，真可谓得天独厚。

从甘露戒坛拾级而上，便是藏经阁。踏进阁内一股历史和艺术的熏风扑面而来。阁上藏有一整部金刚经和贝叶经，还有马远、李耕、弘一法师等书画名家的珍品，其中林则徐写的"海鹤云龙才子气，和风甘露大贤心"的墨迹尤为宝贵。楼下置着几口大钟，最大的一口铜钟约有一吨重，据说敲起来二十里外都能听到。还有一口铁钟是清道光年间过台湾经商的泉州人赠的。抚摸着钟面，我总觉得这些外形古朴的文物都放射着一种无量光。看来普通的东西，只要我们结合起它们的历史，就会觉得它们倍加珍贵起来。的确，读史使人聪睿，知识使周遭一切增加迷人的魅力。

东西塔矗立在开元寺中轴线的两侧，相距 200 米左右。东为镇国塔，高 48 米，建于公元 865 年；西为仁寿塔，高 44.06 米，建于 916 年。二塔初为木塔，到南宋绍定元年（公元 1228 年）至淳祐十年（公元 1250 年）乃先西塔而东塔，都改为石构。五层八角仿木结构楼阁式的双塔，至今已有七百余年的历史。

仰望双塔雄姿，蔚为壮观，它们的基础也很牢靠，虽几经战乱，甚至遭受过明末的一次8级地震，然而石塔却依然承受着7个世纪的重量，威严地屹立着。伫立塔顶，鸟瞰泉城，万井人家，红瓦小院，栉比鳞次，使人萌生出一种深沉的思古之情。当年的刺桐城，白天，行人如织，摩肩接踵，热闹非常；入夜，灯火明灭，南曲的丝竹和着异国的管弦，别有一番升平景象。也许那时也是"东西两座塔"，该不只"南北一条街"吧。

"东方第一艺术珍品"

刘海峰与厦门大学历史系77级一小组同学在泉州参观古迹留影（1979年）

老君造像坐在清源山麓，系一块天然巨石雕刻而成，高5.1米，它是全省最早的道教艺术作品，也是宋代石像雕刻艺术的杰作之一。原来还有两座宋代建的道教庙宇，明代时被毁。身材高大的老君头戴风帽，端庄而坐，容态慈祥和蔼。两扇垂肩寿耳,微皱的宽额,高突的鼻梁……整个造型既夸张又栩栩如生,确是一件艺术瑰宝。"文革"前画家史岩至此写生,赞叹不已,竟然从各个角度画了一个星期,誉为"东方第一艺术珍品"。可见有历史感、艺术感的人眼睛与众不同,画家用形象、色彩、线条思索问题,他的眼力可以"入木三分"。老子这位当年的"小国寡民论"的提倡者,像一个活生生的历史老人,注视着不远处阳光下躺着的泉州城。可惜老君的胡子在新中国成立前被国民党兵痞当靶子打掉了。新中国成立后,人民政府很重视老君岩的历史艺术价值,1961年把他列为第一批省级重点文物保护单位,并多次拨款修缮和保护。

处处留心皆学问,作为历史专业的学生,应比常人更注意周围的一切,那也将会有更多的收获。

（原刊厦门大学历史系学生刊物《读史》1981年）

岳麓之会感怀

大概因为是一名研究中国高等教育史的学者的缘故,我似乎与湘江西岸、岳麓山下那一方文化圣地有不解之缘。

这是我第三回专程来岳麓书院开会了。2002 年 5 月底,我应美国纽约城市大学市立学院李弘祺教授和台湾大学历史系黄俊杰教授之邀请,到岳麓书院参加由湖南大学岳麓书院和台湾喜玛拉雅研究发展基金会共同主办的"传统中国教育与 21 世纪的价值与挑战"学术研讨会。由于要顺便应邀在湖南大学和中南大学作两场学术报告,我提前一天于 5 月 28 日上午到达长沙。甫下飞机,我便迫不及待,先期参访岳麓书院。站在千年庭院的大成殿前,睹物思人,不禁忆起上一次来访岳麓的情形。

1995 年 12 月,我第二次前往岳麓书院,与高等教育研究界的老前辈余立先生一道受命为湖南大学进行校史论证。自从 1986 年举办"岳麓书院建立 1010 年暨湖南大学命名 60 周年"的庆祝活动之后,湖南大学是否"千年学府"就成为中国教育界的一个话题。创建于公元 976 年的岳麓书院于 1903 年改为湖南高等学堂,而后经历一系列关停并转,至 1926 年以岳麓为校址成立湖南大学,再历经几十年的聚散离合,逐步发展为今天的湖南大学。然而,由于当时提供论证的原始依据不足,对湖南大学校史是否可以从岳麓书院算起这一问题,余老和我本着实事求是的态度,认为不宜遽下定论,并鼓励湖南大学岳麓书院的专家进一步收集资料。后来,余立先生在与我的通信中,还挂念湖南大学的校史研究进展情况。而今,余老已仙逝数年。当我再返岳麓,斯人已去,令人感物伤怀,只能在心中表达对余老的追思之情。

"人面不知何处去,桃花依旧笑春风。"幸好,在岳麓书院文化研究所所长朱汉民教授培养的高足、现为我的博士生的李兵的陪同下,我在书院内走马观花,眼见岳麓书院的各项事业都有长足的进步,尤其是御书楼的藏书有了很大的增加,很是释然欣喜。当日下午,在应聘为湖南大学兼职教授的仪式之后，我为湖大师生作了一场题为《传统文化与高等教育改革》的学术报告。泽惠于人杰地灵的岳麓书院，湖南大学成为一所得天独厚、深具发展潜力的现代大学，尤其是在继承书院遗产、发掘人文底蕴方面，还有许多文章可做。尽管我已兼任其他 8 所大学的兼职教授，但作为一位人文学者，尤为乐意担任该校的兼职教授。或许是预感到我会成为湖南大学的兼职教授，喜玛拉雅基金会在台湾事先为参加"传统中国教育与 21 世纪的价值与挑战"学术研讨会制作了与会代表的胸牌，竟为我制好了"刘海峰厦门大学高等教育研究所教授"和"刘海峰湖南大学岳麓书院教授"两个胸牌。

在李弘祺教授、黄俊杰教授和岳麓书院几位专家的主持下，"传统中国教育与 21 世纪的价值与挑战"学术研讨会于 5 月 30 至 31 日顺利举办。与会的 21 位正式代表中有美国来的学者 4 人，台湾学者 4 人，大陆学者 13 人。研讨会的主题聚焦在儒家教育、书院、科举三个方面，在各位论文介绍之后，进行提问和回应。酒逢知己千杯少。由于大家都是真正的同行，且议题集中，研讨深入，很容易引起碰撞和共鸣，只是感到意犹未尽，时间恨短。就我本人而言，以《科举教育与"科举学"》一文作了发言，并参与主持、提问、讨论，始则正襟危坐，继而神采飞扬，终于心驰神往。正所谓"书生意气，激扬文字"，如坐春风是也。

在中国书院史上，有"朱张会讲"、"鹅湖之会"之类的佳话。学术的价值需要阐发，理论的光芒需要磨砺。学者们平日沉潜学问，磅礴郁积，在适当的场合，遇适当的对象，便会逸兴遄飞，洋溢出来。参加此次高层次高品位的"会讲"，在一个很高的学术平台上进行交流与对话，便能让人更深切地体味"学乃身之宝，儒为席上珍"的真正含义。学者平时发表论文多为个人的独白，而学者之间面对面的切磋琢磨，可以即时得到回应和互动，促进观点的深化和理论的升华。我想，这大概便是为什么古代书院大师甘愿跋涉数十天，不远千里进行"鹅湖之会"之类的学术聚会的原因吧。

会上与李才栋教授讨论加拿大学者许美德（Ruth Hayhoe）所著《中国大学》一书中的书院观的时候，我不由地想起第一次来岳麓开会的情景。首次见到岳麓书院是在 1994 年 4 月参加由许美德教授主持的"文化选择与大学教育理想"国际学术研讨会。许教授是当今西方最负盛名的中国高等教育研究专家之一，她对东西方高等教育的比较研究颇有见地，对中国古代书院和科举也相当兴趣。选择岳麓书院大成殿作为讨论文化和大学教育的场所，本身就体现出对中国传统教育进行探究的用意。在那次会上，我提交了《传统文化与中国古代高等教育的特点》的论文，并主持了几场分组讨论。如今，又是在岳麓书院，又是讨论传统中国教育问题，一晃八年，一切恍若昨日。在岳麓书院的千年讲坛上，不知有过多少讲学论道，不知有过多少学术聚会。"闲云潭影日悠悠，物换星移几度秋。"书院的粉墙灰瓦静谧地观照着世事的变迁，参天大树默默地经历着风雨的沧桑。1901 年清廷颁布改书院为学堂的诏令之后，书院在很长一段时间内被视为旧学的堡垒和落后的教育形式，彻底退出了中国历史舞台。20 世纪初大概没有人会想到书院还能在中国文化和学术领域重现生机。中国古代四大书院中，唯有岳麓书院因包容于湖南大学之中，才焕发出新的生命力。也正是众多的学术活动，才赋予岳麓书院一定的现代意义。

20 世纪是中华文化跌宕起伏的世纪，国人对中华文化经历了一系列疑惑、否定、迷茫和反思的过程。20 世纪又是西方文化大行其道的世纪，中国从 19 世纪末的"中学为体，西学为用"，变为实际上的西体中用。在强势的西方文化面前，许多人丧失了民族自信心，对西方文化俯首称臣，唯西方马首是瞻。例如，对儒学、书院和科举，都曾经历过全盘否定的时期。由于清末高等教育经过脱胎换骨的转型，从典型的东方太学、书院改换为西式大学，今天人们计算一所高等学校的校史，通常只从学习西学之后算起。对古代东方型的高等教育形式，基本上采取割断历史的态度。这就难免出现一个令人困惑的问题：只有二百多年建国历史的美国，却有三百多年校龄的大学，而具有五千年文明史的中国，大学的历史却仅有百年。这是否完全符合历史实际？规模大的书院是古代高等学府，或者说是古代东方型的高等学校。既然西方许多著名大学都连续计算中世纪大学的校史，而这些学校当时也不过是以神学及人文学科为主，与中国古代的太（大）学及大书院所学内容没有质的区别。如果某一中国高等学校确实是从原有大书院改制而来，为什么不能连续计算校史？这方面也存在一个破除欧洲中心论的问题。但现在就承认某一高等学校的前身书院历史，出现举办数百年甚至上千校庆的中国高等学校，一般人可能还很难以接受。只有在中华文明在世界上重放异彩之时，人们才会不再受欧洲中心论的羁绊，真正看重自身的教育传统和大学历史。

自去年以来,我受教育部委托,研究制定"确定中国高等学校校史的原则与标准",并受命主持了数所大学的百年校史论证会。在研究课题和进行论证的时候,经常会谈到现代大学与中国古代高等教育形式的联系,很自然地会提及岳麓书院与湖南大学继承关系问题。这次三访岳麓,看着千年讲堂上"忠孝廉节"四个碑刻大字,以及石刻《岳麓书院学规》中"通晓时务物理"、"疑误定要力争"等训条,遥想岳麓书院繁盛之时,范围上千亩,院生上千人,规模不可谓不大,学习研讨内容又是当时社会历史条件下的高深文化知识,应该说可以媲美欧洲中世纪大学。得知书院文化研究所的邓洪波教授等人现在正进一步研究岳麓书院与湖南大学的校史,我衷心希望他们能拿出令人信服的证明结果来。

有缘千里来相会,无缘咫尺若天涯。这既不是我第一次,也肯定不是最后一次来见岳麓,但却是给我留下最深刻印象的一次。此次研讨会得到喜玛拉雅基金会的全额资助,是研讨会取得圆满成功的重要原因。喜玛拉雅研究发展基金会1990年成立于台北市,系一纯民间非营利机构。该基金会秉持一个理念:中华民族屹立世界五千年,中华文化拥有非常优秀的特质。回顾20世纪下半期,海峡两岸暨港澳及海外中国人,已展现出非凡的成就。预期迈向21世纪,中华民族在各个知识领域都会产生杰出的人才,在世界舞台大放异彩。期望中华民族新的一代,不但能迎接新时代的挑战,而且能在人类社会中成为进步的力量,为全世界作重大的贡献。为此,基金会赞助两岸和海外各种公益活动,"中华文明的21世纪新意义"研究计划,便是基金会汉学研究方面的重要内容,目的在于探讨中华文化的成就及其在21世纪所蕴涵之新意义。透过此次研讨会,便可窥见基金会及该计划的立意和抱负。

就我个人之见,喜玛拉雅基金会选中的该计划主持人和具体经办者皆为最佳人选。从研讨会的组织和举办过程确可看出,黄俊杰教授学富五车,高屋建瓴;李弘祺教授学贯中西,满腹经纶;李雪莹研究员冰雪聪明,文雅大方。以此等人物为代表,在在皆体现出基金会高尚的品位和卓越的追求。而且,作为研讨会的延伸,还安排与会代表游览张家界风景区。仁者乐山,智者乐水。在纵情山水之间,各位同行又得有机缘进行交流和对话。如今,每年参加各种学术活动夥矣，真正能给人留下深刻印象的却不多，而今次岳麓之会便是难能可贵的一次。

　　回到厦门之后，当我在书房研读之暇南望窗外的鹭江和金厦海域时，当我在家中餐厅用餐之间东眺台湾海峡水天相接的海平线时，还不时会想起在水一方的喜玛拉雅基金会，想起那令人难以忘怀的岳麓之会。我终于意识到，岳麓书院已成为自己精神上的一处文化家园。

　　（原刊《湖南大学报》2003 年 3 月 10 日）

张家界游思

　　张家界者,湘西胜景、人间仙境也。

　　自古山林名胜,或僧占,或民居,人迹罕至者,类皆穷山恶水。名山宝地未遭人为刻画扰攘者,予未之闻也。近者或言湖南张家界,奇峰林立,树茂水清,珍禽竞翔,且生态原始,予初未之信也。

　　壬午年夏,因岳麓之会,与两岸及美国学者同游张家界。游历所睹,不可思议。十里画廊,一步一景,风光无限。金鞭溪旁,壁峰竞秀,泉鸟鸣响。黄石寨下,沟壑纵横,深不可测。天子山上,怪石嶙峋,高耸入云。远眺群山际天,气势磅礴,近观连峰突兀,岂有此理。此地险如华山,峻若黄山,奇比武夷,秀类桂林,可谓险、峻、奇、秀,四美并具。尤为可贵者,各处景致尽神工之鬼斧,非匠气之雕琢,无寺庙之碍眼,无俗屋之煞景。或谓"好自然者欲求原始之神韵,当至此一游",信然。

　　又有黄龙溶洞,规模宏大,构造奇特,层达六级,厅逾十三,内中有瀑布,有暗河,天造地设,莫名其妙。石笋石幔,百态千姿,出神入化。正是:此景只应天上有,人间难得几回游。知钟乳石之形成,动辄数十万年,令予喟叹天地恒久,而人生苦短。嗟夫,韶华易逝,寸阴足惜,少壮当努力,雁过应留声。不然,此生何苦来哉?

　　夫近山者仁,近水者智。亲近山水之间,无案牍之劳形,无丝竹之乱耳,宜陶冶性情,能康健身心。偕行者有台北远来之友人,相谈默契,一见如故。夫知音可遇难求,如高山欣逢流水。始知游美景若有投缘之人作伴,方为赏心乐事矣。行能同赏景,坐能共谈天,观光之乐,何乐如之!

　　（原刊《美中晚报》2003 年 8 月 9 日）

剑桥印象

　　1993 年 7 月中,应剑桥大学东方学系中国学教授麦大维先生的邀请,我到剑桥大学圣约翰学院作短期访问。时日虽短,但却随处感受到剑桥传统的古老庄重和剑桥人的友好情谊。

　　剑桥大学的中国学研究历史悠久,颇负盛名。然而按长期形成的制度,教授职位一直是各代单传,永远只有一位现职的中国学教授。目前任此职的麦大维教授早年毕业于圣约翰学院,获博士学位,又长期任职于该学院。我是作为该学院邀请的宾客前来访学的,这样,便有幸领略了牛津、剑桥两校各学院特有的院士聚餐。圣约翰学院的院士餐厅建于 16 世纪末,至今已有近 400 年的历史,棕色的木质嵌墙古色古香,全套纯银餐具,餐桌一字排开,院士及宾客沿桌分成两排而坐。每餐菜谱皆标明日期放在每人面前,可根据个人喜好点用略为不同的食物,由服务人员一道道送上。

　　午餐较为随便,而晚餐就讲究多了。凡是毕业于剑桥的院士,都必须穿上黑色的院士袍就餐。餐厅将所有参加晚餐的院士及宾客的名字事先印好,摆放于咖啡室、餐厅入口处及每位的面前。通常每逢星期三、五晚餐院长及副院长皆到,我参加了 7 月 14 日星期三的晚餐。为了保持传统,餐厅一直不使用电灯照明而沿用蜡烛,一支支插在银烛台上的蜡烛将餐厅照耀得辉煌通明。在这尊崇历史的特别氛围中,人们很容易触发一种深沉的思古之情。进餐前首先由站于餐桌首端的院长念祷文,各位站立聆听。但院长所念为古拉丁语,虽然知其内容,却也并不是每位院士都听得懂,然而大家都很庄严肃穆。仪式之后开始上菜,内容较午餐丰富,用餐时气氛便显得轻松愉快了。结束时又是站立认真静听院长用古拉丁语念一段感谢祷文。尔后各位或是留在餐厅喝酒闲谈,或是到楼下咖啡室休息交谈,由于学院院士文理工等各专业都有,很便于各学科之间的交流。

　　夏日晚餐后,趁着谈兴,麦教授和另一位主要研究中国宋明经济史的院士周绍明博士热情地陪同我在附近散步。剑桥和中国有着值得追思的友好关系,经过圣约翰学院的一座廊桥时,麦大维教授用汉语深情地说,这就是徐志摩当年留学剑桥时所称作的"奈何桥"。确实,望着舒徐婉转流淌着的剑河,以及类似于中国江南的曲线优美的弯弯拱桥,望着婀娜婆娑的青青柳枝和芳龄五百年的如茵草地,很容易令人想起徐志摩的传世名篇《我所记得的康桥》,想起一代代在剑桥留下足迹的中国知名学者。而麦教授打着手电领我拾级二百多阶登上圣约翰学院教堂塔楼这座全剑桥最高建筑鸟瞰大学城的情景,在麦教授家做客道别后他的两个天真可爱的小女孩奋力追赶着轿车挥动手直喊再见的情形,更使我深深感到剑桥人对中国的友好情愫。

刘海峰应邀到剑桥大学东方学校麦大维教授家中作客留影(1993 年 7 月)

(原刊《人民日报》海外版 1994 年 4 月 27 日)

牛津剑桥之争与"两校互竞现象"

　　牛津与剑桥两所大学盛名如雷贯耳,二者之间的激烈竞争也早就听说。由于研究"科举学"的因缘际会,我得以有机会到英国伦敦大学访问半年,并且造访两校,亲身观察比较了两校的特长,感受到了两校之间的竞争。

　　在世界著名学府中,牛津与剑桥是保存有最多中世纪古典传统的两所大学,也是不断革新、声望地位显赫的两所大学。它们在800多年间,始终于世界大学队伍中名列前茅,而在英国,它们更是大学系统的金字塔顶端,是并峙的双峰。相对其他大学而言,牛津与剑桥有许多惊人的相似之处:都实行独特的学院制和导师制,两校甚至有8所学院连名称都相同;都有庄严古老的四方院建筑,使人好像置身于欧洲建筑史博物馆,很容易感觉到历史就在你的周围;两校都很注重基础学科的建设,并努力把变革和连续性相结合,在发展新学科的同时注重在人文科学方面的传统优势;两校都产生过一大批世界性的伟大的科学家、哲学家、文学家和政治家;两校都没有大学校门而是名副其实的大学城,并濒临美丽的河流……牛津与剑桥像一对孪生兄弟,其相似之处是如此之多,以至于人们既喜欢将它们相提并论,又不可避免地爱将两校加以比较,牛津人和剑桥人更是喜欢互争高下,从学术到体育各个方面都进行竞争。

　　牛津大学创办于1168年。1209年由于牛津出现城镇与学袍(Town and Gown)之争,一部分牛津师生出走到剑桥定居,逐步建立了剑桥大学。12至15世纪,英国的学术中心在牛津,但从16世纪以后,发展壮大的剑桥大学追赶上来,在许多方面与牛津平起平坐,各擅胜场,成为强劲的竞争对手。总的看来,牛津更善于培养政治家,剑桥更善于造就科学家。在19世纪,仅牛津大学的基督教学学院就出了12位英国首相和6位印度总督。第二次世界大战结束以来,英国担任首相的10人中,有7人是牛津大学毕业生,他们是:爱德礼、艾登、麦克米伦、霍姆、威尔逊、希思和撒切尔夫人,连现任美国总统克林顿都曾就读于牛津。如果说牛津大学是政治家的摇篮,那么剑桥大学则是科学家的摇篮。被马克思称之为"英国唯物主义和整个现代实验科学的真正始祖"的弗朗西斯·培根、经典物理学始祖牛顿、进化论创立者达尔文都曾负笈剑桥。20世纪至1982年止,剑桥大学学人中获诺贝尔奖者达63人,居世界各大学之首,其中仅三一学院就出过22位诺贝尔奖得主。因此,牛津和剑桥在培养人才和科学研究方面是各有所长,难分伯仲。在1992年根据大学评价指标评出的英国大学排行榜上,剑桥大学和牛津大学总分并列第一,都是856分。但在1993年的英国大学评估中,剑桥总分略为领先牛津,高居榜首。

然而,学术竞争虽是牛剑之争的主战场,但更为直接和直观的较量却是两校之间的划艇赛。平时两校学生经过精心挑选在各自的河流里划艇备战,每年到三四月间,两校的划艇队便集中到伦敦西南泰晤士河亨利段举行比赛。这项划艇赛不仅是牛津和剑桥两校师生和校友的大事,而且也是全英国的盛事,观众十分踊跃,成为英国一大体育和旅游景观。散布在世界各城市的牛津剑桥校友也往往在这一天聚集在一起通过电视转播观看比赛。这项比赛始于1829年,到1993年已举行过139届,剑桥胜的次数略多于牛津。在1992年之前,牛津大学已经连续十余年在这项划艇赛中赢了剑桥。1993年剑桥终于扳回一局。1993年3月底我初访剑桥之时,正值两校划艇赛结束后几天,剑桥人仍沉浸于胜利的喜悦之中,只要谈起划艇赛,每个人都会兴高采烈地说上一番。也许在牛剑人看来,两校划艇赛胜负的意义不单纯为一项体育竞争的输赢,同时也是两校综合实力短兵相接衡量强弱的重要外在标志。

初访剑桥时,驱车带我从伦敦前往剑桥的伦敦大学高级讲师哈丁(Andrew Harding)博士及其夫人君默(Keer Bek)女士早年皆毕业于牛津大学。在途中我问他们是否熟悉剑桥,哈丁博士幽默地回答说:"对牛津人来说,是否熟悉剑桥一点都不重要。"言下之意只要熟悉牛津便可。他还向我谈起由来已久的两校之争,在两校关系最为紧张的时代,都互视对方学校为冤家对头,甚至连对方的校名都不愿提起,若实在回避不开时,就称对方为"other place",意为"另外那个地方",牛津人和剑桥人都明白other place的特指含义。这在我们外人看来,真是有趣得很。前几年英国考试学界眼见美国在中国举办的托福考试取得了巨大成功,也很想争取在中国举办英语考试。

1992 年在伦敦举行的一次国际考试会议期间，牛津和剑桥大学的考试委员会都竞相与我国国家教委考试中心主任杨学为先生联系商讨联合在中国开考事宜。在中国决定与剑桥合作后，可以明显地感觉到牛津大学考试委员会负责人的不快。现在中国举办的剑桥商务英语水平考试正是此次接触的结果。我作为国家教委考试中心的兼职研究员初访剑桥，故由剑桥大学考试委员会联合安排剑桥大学中央图书馆中文部主任艾超世（Charles Aylmer）先生负责接待我参观该校图书馆。在谈起英国几个较有名的藏有大量中文图书的图书馆时，他说有三个，即大英博物馆图书馆、伦敦大学亚非研究学院图书馆以及剑桥大学图书馆，当我提起牛津时，艾先生才补充说牛津大学图书馆也是，这样共有四家。不知他是有意回避牛津之名，还是潜意识中根本就没有概念要提及。我想大概这也属于牛剑人的"other place（另一地）情结"吧。

像其他历史悠久的机构一样，牛津大学和剑桥大学都不得不适应日新月异的世界。牛津和剑桥毕竟有太多的相似之处和共同语言。它们都十分敬重传统，恪守古道，认为悠久的历史传统是学府尊严的一部分，讲究渐进的改革而不喜欢突变的革命。因此，两校虽然竞争了几个世纪，但也是一种同舟共济、互竞互荣的关系。现在，牛津、剑桥两地之间人员往来也已十分频繁，除火车外，每天都有几十班大客车定时往返。以两校中国留学生为主，还成立了"牛津—剑桥国际集团"从事经贸活动。1993 年 7 月中，我由剑桥大学东方学系中国学教授麦大维（D. L. McMullen）先生邀请二访剑桥，麦教授也谈起在院士聚餐等仪式上穿着学袍，往往将毕业于剑桥和牛津大学的院士与其他大学毕业者区别开来。麦教授指点介绍着一座座中世纪风格的学院建筑，说起他们家庭四代已有 30 余人在剑桥学习和任教过，但就如他这样的剑桥世家现在也有人在牛津，他的双胞胎弟弟便在牛津大学东方学系任日本学教授，这在英国东方学界还被传美谈。

由此我想到一种"两校互竞现象"。牛津与剑桥大学是两所学校互相竞争最著名最典型者，但在国内外高等教育界也普遍存在两校互竞现象。国外较突出的如哈佛与耶鲁之争，加州大学的伯克利与洛杉矶分校之争。在中国的许多大城市，我们也常能找出两所著名大学相互间较劲的例子，从北京、上海、天津到武汉、广州、福州，总有一对或几对同类型及水平层次相当

的高校以对方作为竞争参照系，社会上人们也往往将它们作一番比较。这
种两校之间的竞争只要适度，倒是能互相促进，提高双方的办学水平和知名
度。牛津、剑桥两校就如春兰秋菊，各有特色，我们很难说哪一个更美一点
更好一点，虽然人们总爱问。牛津剑桥之争虽也有某些负面影响，但也促使
各自发奋向上，努力争先。因此，两校都从竞争中获得了压力和动力，始终
保持着崇高的学术地位，成为英国大学的象征和英国人的骄傲，以至英国人
常将这一对姐妹大学合称。当然，在此情况下，牛津人便称之为牛桥(Ox-
bridge)，而不甘人后的剑桥人则称之为剑津(Camford)。

在剑桥大学圣约翰学院访问时留影(1993 年 7 月)

（原刊《大学论坛》1994 年第 2 期）

世界顶尖大学走笔

何谓世界顶尖大学？在我看来,是指位于全世界大学金字塔顶端的大学。具体而言,世界顶尖大学应该是在全球大学排行榜上位居 20 名左右的大学,若更严格一点,则是世界排名前 10 名的大学。

研究高等教育的学者,到一个国家和城市,总想去看看那里的大学。尤其是世界顶尖大学,更是具有特别的吸引力。1993 年,我作为国家公派留学生,曾到英国伦敦大学东方学院访问研究半年,期间曾访问剑桥大学两次,并参访牛津大学一次。2000 年,又到日本创价大学访学半年,并参访过东京大学和京都大学。

在美国,哈佛、耶鲁、普林斯顿、斯坦福、麻省理工这五所美国最好的大学,也都是世界顶尖大学,有一个集合词叫 HYPSM,即 Harvard,Yale,Princeton,Stanford,MIT 头一个字母的缩写。因为 2005 年曾到过斯坦福大学,总希望有机会去其他几所声名卓著的大学走走。

命里有时终须有。2010 年 4 月 16—18 日,由"哈佛中国评论"主办的第十三届"哈佛中国论坛"在哈佛大学举行。我应邀出席了此次论坛,并在教育分论坛"中国教育考试系统改革的影响与挑战"上作了题为《中国高考制度改革的两难选择》的主题报告。还应"耶鲁中国经济论坛"组织者的邀请,于 4 月 19 日在耶鲁大学作了题为《高考改革的争论与思考》的专场演讲,这使我得有机会实地去感受哈佛、耶鲁和麻省理工学院这三所世界顶尖大学的氛围。

哈佛大学位于紧挨着波士顿的剑桥市,学校建筑分布在整个剑桥市的主要区域,但还是有一个范围不大、四周有围墙的院落作为主校区,主要建筑多用红砖构成,类似于英国 19 世纪兴起的"红砖大学"的建筑,只是有的建筑颜色更深点,所以有人说:"深红是哈佛的颜色。哈佛的建筑是深红。哈佛的运动队名叫深红。哈佛的日报叫《哈佛深红报》。深红代表着哈佛师生对追求学问的热爱与执著,更代表着哈佛这所古老名校的无比荣耀和无比自信。"确实,一所优秀的大学,应该有自己独特的颜色。

耶鲁大学的建筑又是另一种风格,基本上是仿照牛津大学和剑桥大学的建筑,用灰色为主调的石头建成。古朴的哥特式建筑和乔治王朝式的建筑,使整个校园显得十分典雅和秀丽。耶鲁大学应该是美国最美丽的大学了,至少可以称为最美丽的校园之一。

麻省理工学院与哈佛紧邻,大部分楼房都由通道连成一体,除了隔着大草坪面向查尔斯河的主体楼房外。该校的建筑不见得很美观,但却很实用和方便。这典型地体现出工科为主的大学的特色和个性。

世界顶尖大学通常具有一定的特质:特别注重延揽优良师资;注重精英教育,提倡通识教育,重点培养社会精英或领袖人才;在科研方面,重视基础研究,追求重大创新;在教学方面,一般都提供优厚的奖学金,招收尖子生,并提供优越的学习和生活条件。在耶鲁大学与接待我的中国留学生共进午餐时,谈起 2010 年 1 月耶鲁的硕士毕业生张磊向母校捐款之事,那些留学生都表示非常理解,因为耶鲁对学生太好了,毕业后校友自然会想报答母校。

守望传统,追求卓越,是世界顶尖大学的共同特质。1994 年,我曾发表过《剑桥大学的院士聚餐》一文,谈到剑桥大学数百年来院士聚餐制度中院长坚持用拉丁语作餐前演讲,使其古老的传统得以延续,而这种庄严的仪式显示的是学术的崇高和对传统的敬重。哈佛和耶鲁大学多年来也都实行住宿制和导师制,耶鲁大学实行的是类似牛津大学和剑桥大学的"住宿学院"制度,新生被随机分配到耶鲁大学的 12 个住宿学院中,且除少数特别情况外,所有学生都将在学院中居住四年。坚持传统,关键是要持之以恒,保持特色,形成良好的育人环境。

美国东部八所高水平的大学哈佛、耶鲁、宾夕法尼亚、普林斯顿、哥伦比亚、布朗、达特茅斯、康奈尔大学,属于"常春藤大学联盟",都是公认的一流大学,它们历史悠久,治学严谨,教授水平高,学生质量好,因此常春藤大学又时常作为美国顶尖名校的代名词。20 世纪 80 年代去美国的中国留学生,受中国传统文化的影响,高度重视教育,崇尚名牌大学,想方设法要将子女送入常春藤大学。而要实现这一目标,就要从小开始培养孩子,一直到高中毕业,向这些大学申请,最终被录取,这一过程被形容为"爬藤"。如果子女进入常春藤大学,父母亲就被戏称为"藤父"、"藤母"。

　　发展到 21 世纪,美国的常春藤大学中又分化出"大藤"与"小藤"之别,哈佛、耶鲁、普林斯顿这三校属于"大藤",如果爬上"大藤",学生和家长都感到无上荣光。这次我去美国,欣逢我在西雅图的弟弟刘海翔的儿子刘浏被耶鲁大学录取,海翔和弟媳甘露荣升"藤父"、"藤母"。他们当年在国内一个毕业于厦门大学,一个毕业于北京大学,1989 年放弃在新华社和北京日报社工作的职位到美国去发展,像许许多多出国潮中去美国的留学生一样,舍弃了许多。而下一代能爬上"大藤",往往是这些早年留学生最大的慰藉。

　　耶鲁大学发给每个被录取的学生参加"Bulldog Days"(耶鲁新生访校日)的邀请,让被录取的新生提前到耶鲁校园住上几天,亲身体会校园文化和学习环境。今年耶鲁大学新生访校日定在 4 月 19 日到 21 日,正好是我到耶鲁演讲的日子。而我在耶鲁的演讲,成为侄儿刘浏到耶鲁大学听的第一场学术报告,这正是:有缘来相会,无巧不成书。

在"哈佛中国论坛"分论坛上作有关高考改革的主题演讲(2010 年 4 月)

(原刊《科学时报》2010 年 7 月 6 日"海峰随笔"专栏)

"北京论坛"印象

　　学术行走是大学教师的生存方式之一,一个大学教师每年总要参加一些学术活动。在我近年来出席过的各种学术会议中,很少有比"北京论坛"层次更高、国际化程度更强的了。

　　2010年金秋时节,我在北大参加完"社会变革中教育研究的使命国际学术研讨会暨北京大学教育学科恢复30周年庆祝会议"之后,紧接着出席了第七届"北京论坛"。

　　"北京论坛"(Beijing Forum)创办于2004年,是经中国国务院和教育部批准,在北京市政府的指导与支持下,由北京大学、北京市教育委员会和韩国高等教育财团联合主办的国际性学术会议,是"以学术和文化为中心的世界级学术性论坛"。

　　根据主办方的手册介绍,北京论坛的宗旨是以北京雄厚的文化底蕴为依托,介绍和发表世界高水平的学术成果,致力于推动亚太地区人文、社会科学问题的研究,促进世界学术发展和社会进步,为人类的发展作出贡献。论坛有三个特点:一是国际性,即立足北大,面向亚洲,放眼世界,汇集世界著名学者,用东方智慧解决世界问题,用世界智慧解决东方问题;二是学术性,即强调从文明和文化角度深入探讨相关问题,阐明文明和文化在推进世界发展与社会进步中的作用;三是影响力,即凝集世界最高智慧,融汇世界顶级学识,注重其社会效益,关注对现实世界的影响,引起世界学术界的共鸣。

　　该论坛每年举办一次,迄今累计已有70多个国家和地区的2700多位政要和学者参加过这一盛会。嘉宾云集,已然成为北京论坛的独特风景和高端象征。主办方努力将北京论坛打造成一个世界级的学术论坛,一个关注文明和谐的论坛,一个彰显多元文化的论坛,一个独具品牌的论坛。就我看来,经过7年的努力,其目标是基本达到了。

　　今年的北京论坛以"文明的和谐与共同繁荣——为了我们共同的家园:责任与行动"为主题,设置七个分论坛,来自40多个国家和地区的300多位专家学者,其中外国学者和政要占大多数,包括英国前首相托尼·布莱尔、墨西哥前总统埃内斯托·塞迪略等,联合国秘书长潘基文还专门发来贺电。由韩国高等教育财团支持,主办方连所有代表的交通费用都一并负担,这也是能够邀请到许多高层次人物前来的原因之一。

论坛第一天在钓鱼台国宾馆举行,开幕式在17号楼芳菲苑千人厅召开。很少有学术会议在钓鱼台国宾馆举行的,那里不仅有大小不同的会议厅,关键是自然环境非常优美,除了大片的草地和绿树,还有许多色彩斑斓的树影映照在湖光之中,处处皆是一幅美丽的秋色图。特别是成片金黄色的银杏树,散发出成熟和温暖的光辉,给人以强烈的视觉冲击。第二天论坛移师北大校园,还是充满了黄金般的颜色,在北大校园金灿灿的银杏树叶映衬下,红、绿、蓝色的"北京论坛"宣传旗帜显得格外醒目。

教育分论坛的主题为"变革时代的教育改革与教育研究:责任与未来",汇集了国际教育学界的诸多著名学者,如美国教育考试服务中心(ETS)的Michael Nettles、威斯康星-麦迪逊大学的Biddy Martin、印第安纳大学的Heidi Ross、英国剑桥大学的Ian Leslie、加拿大多伦多大学的Karen Mundy、德国卡塞尔大学的Ulrich Teichler,以及来自美国加利福尼亚大学、纽约州立大学、英国斯特林大学、俄罗斯科学院、加拿大约克大学、首尔国立大学、新加坡国立教育学院、马来西亚大学、泰国朱拉隆宫大学等多所院校或机构的教授11人和港台地区的教授4人。大陆学者只占少数,北京以外的大陆学者只有我和华中师范大学的周洪宇两人。

我在教育分论坛做了题为《高考改革:公平为首还是效率优先》的论文报告,我认为,如果中国人已到了可以公开忍受一定程度的不公平来追求效率的时候,便可以减少对考试分数的依赖。如果还没有到这样的时候,公平就还是高考改革中的首要考虑因素。报告引起在场嘉宾和与会者的热烈讨论,他们分别就各自国家或地区的大学入学考试现状展开评述,与中国高考对比,并阐述了各自对于效率和公平的看法。

本届北京论坛的形式多种多样,除了大会主旨演讲以外,还有著名宗教哲学家、德国图宾根大学荣休教授尤根·莫尔特曼与美国哈佛大学教授、北京大学高等人文研究院院长杜维明就生态和平问题专场进行"基督教与儒家文明的对话",另外还设有芝加哥大学专场和剑桥大学专场等。论坛还在

11月6日晚安排了"北京论坛之夜——走进中国舞"专场文艺演出,邀请北京舞蹈学院的顶尖舞蹈艺术家表演中国经典舞蹈。

有许多学术会议都是虎头蛇尾,开幕式轰轰烈烈,闭幕式或会议结束时冷冷清清。但这次北京论坛的闭幕式前安排了布莱尔的主旨演讲,可以说是论坛的一个"豹尾"。

值得一提的是,北京论坛的会议组织相当周全,会议邀请函以北京大学校长周其凤的名义发出,会后还是以其名义发给每位与会代表感谢邮件。会议手册、背景资料、代表牌证、主旨演讲嘉宾介绍、介绍光盘、晚宴请柬等,都制作得十分精美,甚至于有一定的保存价值。

时序已入寒冬,至今回忆起北京论坛,在我脑海中最鲜明的印象,是与学术报告场景交织着出现的银杏树金灿灿的黄色。

(原刊《科学时报》2010年12月28日"海峰随笔"专栏)

青春作伴好还乡

　　经过一段时间的相对沉寂之后，1998 年祖国大陆与台湾地区的交流又热络起来。从全国来说，在大陆举行了汪辜会谈；从厦门大学高教所来说，承办了"两岸大学教育学术研讨会"；从我本人来说，则是两度赴台参加"两岸青年学者论坛"。

　　黑格尔在《历史哲学》中有言：山脉一般阻隔人们的交往，而水势则会将人们连通起来。但多年来台湾海峡两岸的历史现实却与此"山势使人隔，水势使人合"的规律相反，虽有海水相通，然而咫尺天涯。从我家的阳台东望，便可看到海面几公里外台湾管辖的大担和二担岛，但以往若想从厦门往来于大担、二担岛或金门岛，却是难于上青天，真是"盈盈一水间，脉脉不得语"。而今，两岸的学术交流渐趋频繁，我也得有机缘踏上台湾亲眼看见庐山真面目，与对岸学者进行直接对话了。

　　第一次赴台是 1998 年 5 月 21 日至 28 日，应台湾中华青年交流协会的邀请，参加"两青年学者论坛——跨世纪两岸青年教科文研讨会"。由中国高校校友海外联谊会组团，大陆 10 位著名大学或研究机构的 40 岁以下（后放宽至 40 岁左右）具有高级职称的博士应邀前往，其中包括教育、科学、文化研究诸方面的青年学者。教育方面的议题为"社会、家庭与学校伦理道德教育问题"，科技方面的议题为"网际网路资源共享与社会责任问题"，文化方面的议题为"差异性、多元价值的包容与整合"。第二次赴台是在 11 月 28 日至 12 月 6 日，应台湾比较教育学会和暨南国际大学比较教育研究所的邀请，参加第二次两岸青年学者论坛，主题为"二十一世纪大学的管理与发展"。邀请对象要求与第一次论坛相同，大陆也是 10 位博士、教授应邀前往，台湾则有 20 位青年学者参加。受会议组织者的邀请委托和教育部港澳台办及国台办的指派，本人忝为此次论坛大陆代表团团长。由于参加第二次两岸青年学者论坛的学者皆为教育研究界的同行，且议题更为集中，因而讨论更为热烈。研讨会不仅有正式代表 30 人，而且还有列席代表数十人，每场论文报告和讲座皆由资深学者或校院长主持,可谓少长咸集,群贤毕至。

"朝辞白帝彩云间,千里江陵一日还。"虽然现在长江两岸生态环境已大不如前,猿声是听不到了,但人们还是常引用李白这首《早发白帝城》的诗句来形容海峡两岸交流的迅速发展。过去,由于互为隔绝,两岸学者颇为隔膜。现在,两岸学者坐在一起交流切磋,才发觉两岸面临许多相同或十分相似的问题,而大学教育又是容易取得共识和默契的一个研究领域,共同语言很多,也经常发生思想的碰撞。围绕"21世纪大学的管理与发展"的主题,研讨的具体论题有10个:大学教育的理念、政策与实践,大学的自主与责任,大学的决策、管理与领导,大学教育经费的筹凑与财务管理,大学教育的素质与效能,大学教育的教学与评鉴,大学的国际学术交流,大学与政治、经济、社会的发展,大学教育的危机与转机,21世纪大学发展的前瞻。大家围绕议题展开了热烈的讨论。同时,论坛组织者还邀请台湾著名教育学专家杨国赐教授和杨深坑教授分别就"大学教育改革与国家发展"以及"两岸大学教育发展的共同趋势、问题与展望"等问题作了专题演讲。两岸学者共襄盛举,使论坛取得了圆满成功。

作为论坛的延伸,我们大陆青年学者还参访了台湾师范大学、台湾大学、交通大学、暨南国际大学、彰化师范大学、中正大学、台南师范学院、成功大学,连同我首次赴台时参访的政治大学、清华大学、义守大学等,算是将台湾最主要的大学都走马观花看了一下。每到一校,一般都为我们放映介绍学校发展概况的录影带,由校(院)长带领我们参观校园和学校设施,并就大学管理、发展的理论与实践问题进行交流和讨论。给我们留下深刻印象的是台湾的师资培养已不再局限于师范院校,许多综合大学或理工大学都逐渐设立了教育学程中心或教育研究所,有的综合大学还建立了教育学系,甚至准备创建教育学院。由于一些名牌综合大学有其他学科的雄厚基础作依托,其教育系或教育学程中心毕业的学生在向来由师范院校毕业生占优势的中小学教职申请中,具有相当强的竞争力。因此,台湾各大学之间的竞争也相当激烈。

大学之间的竞争从台湾的清华大学和交通大学的"梅竹之争"可见一斑。台湾的清华大学秉承过去清华的一贯办学传统,也以"自强不息,厚德载物"为校训。由于过去梅贻琦曾长期担任清华大学校长，因此在台湾复办清华后以"梅"为象征。而与清华大学毗邻、同是坐落于新竹市的交通大学，校园内颇多竹树，故以"竹"为代表。清华大学与交通大学是台湾理工科类最强的两所大学，又是仅一墙之隔的兄弟院校，人们很自然地经常会将这两所名牌大学加以比较，于是不可避免地出现"两校互竞现象"。1993年留英归来之后，我曾写过《牛津剑桥之争与"两校互竞现象"》一文（载《华人之声》1997年第5期），谈到在国内外高等教育界普遍存在两校互竞现象，尤其是在同一城市，人们常能找到一对或几对同类型及水平层次相当的高校以对方作为竞争参照系。这种两校之间的竞争只要适度，在一定程度上能互相促进，提高双方的办学水平和知名度。台湾的清华大学和交通大学便是台湾的两校互竞典型。与牛津剑桥之间每年举行划艇赛等类似，清华和交大每年都要举行"梅竹赛"，即两校的体育对抗赛。考虑到交通大学学术实力逐渐上升并慢慢接近清华大学，我曾开玩笑地建议交大校方今后可以争取将"梅竹赛"改称为"竹梅赛"，或轮流称"梅竹赛"与"竹梅赛"。竞争既是一种压力，也会变成一种动力。确实，从美国应聘到台湾来的清华大学刘炯朗校长的言谈中能感受到该校追求卓越的精神，而交通大学的校园和师生则体现出一种"未出土时先有节，及凌空处总虚心"的氛围和气节。

尽管两岸在政治经济方面存在不少差异，但在文化方面却是相同的。民族认同感很重要的便是文化的认同，中华民族五千年灿烂文化是两岸人民共同的基础。台湾也相当重视保存中国传统文化，首次访台时下榻的台北圆山大饭店便是典型的民族风格建筑，两度参观的台北故宫博物院则是庋藏、展示中国历史文化精品之所在，院长秦孝仪先生对民族文物如数家珍的举止流露出儒者的气质，台南的孔庙、府学、赤崁楼遗址和各地皆有的关公庙、妈祖庙更显出与大陆尤其是闽南一带的文化联系。过去，我们常唱"我站在海岸上，把祖国的台湾岛遥望，日月潭碧波在我心中荡漾，阿里山林涛在我耳边回响……"而当我于黄昏时分站在台南海滨西望台湾海峡，但见烟波浩渺，浮光耀金，不禁会生出"日暮乡关何处是"、"别有一番滋味在心头"的感慨来，我想，两岸分离的状况终有一天会结束，正如中华青年交流协会理事长李钟桂博士所说的："台湾和大陆血浓于水，情同手足，我们只有携起手来，加强交流与合作，才能创造中国人的辉煌。"

　　家就在海峡西岸不远处,但还是得曲折绕道香港回来。所幸同行者皆为青年同行,正所谓:路有良伴不觉远,青春作伴好还乡。

　　(原刊《华人之声》1999 年第 5 期)

率两岸青年学者论坛代表团访问台湾师范大学留影(1998 年 12 月)

谁谓河广　一苇可杭

　　世间事物的发展往往不是匀速,而是呈周期性或阶段性变化的。台海两岸的交流也是"孔雀东南飞,五里一徘徊",有时甚至是进一步、退两步,不过从长远的趋势来看,经济和文化的往来总是越来越频繁。在 1998 年两度访台之后,我有将近五年的时间未再踏上宝岛。期间于 2001 年下半年曾有一次应杨莹教授之邀,到台湾的暨南国际大学比较教育研究所讲学两个月并参加学术会议的机会,但在得到中华发展基金会批准资助之后,由于要准备随时参加国家重点学科评审答辩等原因,结果放弃了那次台湾之行。而从 2003 年 10 月至 2004 年 3 月,却有三次机会到台湾参加学术会议,并与对岸学者进行了密切的交流。1998 年访台之后,我曾写过一篇题为《青春作伴好还乡》的学术散文(见《华人之声》1999 年第 5 期)。今草此文,随笔记录这三次访台的一些学术片断和台湾印象。

　　诗云:"谁谓河广,一苇杭之。"(《诗经·卫风·河广》)"一苇杭之"后来到《三国志》中演变为"一苇可杭"。"杭"今作"航",即渡过去的意思。一苇是比喻小船,即小船如一片苇叶或一束苇叶。即使是在帆船时代的清朝,台湾海峡也不算太宽,难以阻隔两岸的往来。同属福建一省的闽台地区,梯航往来,长年不断,有从闽南移民过台湾去的民众,也有向慕科名到福州来应考的台湾举子。我在《福建教育史》一书中,便曾着力提到了台湾士子参加福建乡试的情况。"君看一片舟,出没风波里。"其时大自然的威力也曾起一定的阻隔作用,碧波万顷的大海在风云突变时也曾吞噬过不少生命,但许多举子不畏艰难险阻,渡海来闽参加福建乡试。在台湾建省之后,台湾的秀才还是要到福州乡试。甚至在日本占领台湾后,福建乡试还继续引起台湾舆论的关注,还有一些台湾士人冒险来大陆参加乡试、会试。"闽在海中",相当长的时期中,台海实际上只是福建省的内海。

　　然而,一苇可航的台湾海峡,在 20 世纪中一度成为多少人无法跨越的人为天堑。记得 1977 年我考上厦门大学以后,在校园尤其是滨海一带,经常可以听到大担岛飘过来的邓丽君柔情蜜意的歌声，还有大多以"共军弟兄们"为开头的广播喊话。但大担、二担和金门等对我们来说都是可望而不可即的地方。而且，在读本科的时候，我们这些厦大学生都算是基干民兵，也还须轮流在夜晚到海边端枪执勤，以防止对岸的特务游过来。不时还能听到对方发射宣传弹的炮声，有时校园上空会高高飘过一两个挂着传单包裹的气球。对厦大学子而言，台湾是一个既熟悉又陌生的世界。对我来说，更是一个充满矛盾的神秘天地，因为我那从黄埔军校毕业的二舅就在台湾军界任职，当时我根本不敢想象还有一天能够见到从未谋面的他。

谁曾料想天地翻覆，90年代以后，不仅我的二舅回到永定家乡定居终老，我的博士论文《唐代教育与选举制度综论》甚至于1991年在台北由文津出版社出版。近年来，两岸往来日益频密，连我都还能不时到对岸访问，金门与厦门更是开放了"小三通"。遥想当年，一切恍若隔世。

2003年10月26日至11月2日，应台湾政治大学教育系井敏珠主任和周祝瑛教授的邀请，我赴台参加"卓越与效能——21世纪两岸高等教育发展前景"学术研讨会。会议主要探讨高等教育全球化、国际化、市场化，卓越与研究型大学发展的策略等问题。所谓"卓越"，是指台湾教育当局近年来推行的"卓越计划"，类似于大陆的"211工程"和"行动计划"，也就是从经费等方面重点支持部分著名大学、研究机构或研究项目。或许是受传统文化的影响使然，或许是受教育发展规律的制约，两岸的高等教育政策颇多类似之处。例如台湾的大学联合系统与整合计划，便与大陆的院校合并雷同。我提交此次会议的论文题目便是《大陆院校合并、升格与发展中的更名问题》。我们大陆代表九人到访之时，恰逢政治大学刚刚遭遇台湾的大学排行风波，即教育当局公布了各大学SCI、SSCI和EI三类论文的排名。由于这也是偏重理工的大学排行榜，以人文社会科学见长的政治大学自然被排到很后，引起政大师生的强烈不满和抗议。政治大学的人文社科水平在台湾是屈指可数的，其教育学科的地位在台湾也名列前茅。在会议期间，两岸学者很自然地就议论到大学排名问题，多认为将综合大学、理工为主的院校、师范大学、艺术类大学等不同科类的大学，一起用以英文和理工主导的论文来排名，就好像将苹果、梨子和香蕉放在一起来排名，其科学性可想而知。

受台湾大学东亚文明研究中心主任李弘祺先生的邀请，2003年12月

27日至2004年1月1日，我再度赴台湾，到桃园大溪参加由台湾大学东亚文明研究中心与喜玛拉雅基金会联合举办的"东亚教育与考试的传统特色"学术研讨会。台大东亚文明研究中心是近年来台湾教育主管部门唯一一个在大学设立的人文和社会学科的重点研究机构，2003年8月成立以来，接二连三主办了有关东亚文明研究的系列会议。这次会议也是喜玛拉雅基金会举办的第七届"中华文明二十一世纪的新意义"系列学术研讨会，有美国、日本、荷兰、韩国、比利时、中国大陆和台湾地区的学者20人参加，主要探讨科举、书院等传统教育和考试问题。我在会上作了题为《科举传统与东亚考试文化圈》的论文报告并主持了一场会议。在会议闭幕时大家谈到与会感想，我便引《诗经》中"谁谓河广，一苇杭之"这句诗来表达大陆学者赴台参加会议的感受。大陆学者赴台交流，两岸的手续都很烦琐且存在许多未定因素，往往到临近开会的最后几天才能确定是否能够成行。还好事在人为，经过不懈努力，多数终能成功。

因为SARS肆虐，2003年真有点流年不利，许多原计划于年中举办的学术活动都不得不推迟。在厦门大学举办的"中华高等教育改革"国际学术研讨会，就从9月改到12月21—23日举行，会上也有十余位台湾学者参加。与10月份政治大学的会议一样，年底到台湾参加的这次会议也是受SARS影响延后举办的一次会议。一般情况下很少有学术会议安排在年末岁尾，大概这是2003年最后一个有大陆学者参加的学术会议了。这导致了我在台北度过了一个特别的元旦。回想在新年前夕，与李弘祺先生等三五好友围炉聚谈的情形，印象特别深刻。李白曾说："天地者，万物之逆旅也；光阴者，百代之过客也。"（《春夜宴从弟桃花园序》）而当我人在旅途，身处逆旅（台大福华文教会馆），更感时光易逝，"冯唐易老"。他乡遇故知，以别样的方式跨越新年，确实具有别样的意义。

"两岸晓烟杨柳绿，一园春雨杏花红。"应淡江大学教育学院院长暨高教研究中心主任陈伯璋教授的邀请，我又于2004年3月24日至30日到淡江大学参加"大学卓越政策之检讨与展望"两岸学术研讨会，并在会上作了题为《追求卓越：高等教育大众化时代的精英教育》的论文报告。该次会议的主题仍然是探讨大学"卓越计划"，提醒人们反思"卓越政策"背后所蕴含的哲学价值的合理性，反省实施中的利弊得失，解脱一味追求研究语言国际化

的迷思。淡江大学在台湾的私立大学中多数指标排名数一数二，又是台湾
与大陆交往最多的大学之一。厦门大学则是大陆与台湾交往最为频繁的大
学之一，1995 年厦门大学与淡江大学签订的学术交流合作协议是两岸大学
间最早签订的校际合作协议。并且，成立于 1978 年的厦门大学高等教育研
究所是大陆第一家高等教育专门研究机构，而成立于 2002 年的淡江大学高
等教育研究中心则是台湾最早成立的高等教育专门研究机构。两校和两个
研究机构具有颇多的联系和类似之处，这使我跟淡大的同仁心理距离很近。

　　会议原计划在 3 月初举办，结果好事多磨，受选举影响也延到大选以
后。我们抵台时正好是台湾大选刚过的敏感时刻，据说我和其他三位参加
此次会议的大陆学者是台湾大选后第一个到访的大陆代表团。在台期间不
时可以感觉到选举纠纷和族群撕裂带给人们的影响，但主持接待我们的陈
伯璋先生和元照智胜出版集团的万圣德总经理等人士十分热情友好，让我
们几位大陆学者宾至如归。淡江大学花园化的校园是台湾最美丽的大学校
园之一，我们下榻的会文馆周遭便是精致的庭院，给我留下了深刻而美好的
印象。淡江大学与大陆学界关系密切，主要原因是学校领导有远见卓识，或
许还由于淡江大学所在的淡水镇地处台湾岛的西北角，从地理上看距离大
陆最近。淡江大学也是坐山面海，从觉生图书馆高层往西看去，便对着台湾
八景之一的"淡江夕照"。西眺海平线上的天尽头，在目力不及但可以想象
得到的对岸不远处，便是闽台先人参加福建乡试之所在。

　　台海泱泱，源远流长。辗转回到厦大白城的居所，东望水光接天的台湾
海峡，时常会浮现"纵一苇之所如，凌万顷之茫然"的奇思异想。近年来，两
岸的交流一波三折，不过，"青山遮不住，毕竟东流去"，历史发展的客观趋势
是不以少数人的主观意志为转移的。但望跃过"乱石穿空，惊涛拍岸"的峡
谷之后，迟早能进入"潮平两岸阔，风正一帆悬"的境界，我也衷心祈愿未来
两岸能够风平浪静，和衷共济，一起走向繁荣的明天。

　　（原刊《达拉斯新闻》2004 年 6 月 4 日）

走进西藏　走近理想

对大多数中国人来说，西藏是一个遥远且有点神秘的地方。走进西藏，需要适当的机会、不错的身体、相当的财力，还有一定的勇气。

是的，去西藏还需要一定的勇气。去其他地方，即使是出国，只要不是去战火纷飞的国度，一般人都必不太担心。但是去西藏就不同，因为多数人在拉萨等地都会有头痛、胸闷、失眠等高原反应。对在沿海一带的人来说，由于所处海拔很低，特别是那些有时还在海平面以下活动的人，更是不易适应缺氧的高原环境。有些人在高原反应最严重时，往往会产生后悔来到西藏、巴不得赶紧逃离西藏的想法。对部分人而言，走进西藏，可能是拿健康甚至是拿生命来冒险。唯其如此，能够去西藏走一趟就越发显得难能可贵。

伴随着雄浑深沉的法鼓声，李娜《走进西藏》高亢玄妙的歌声飘入云端："走进西藏，也许会发现理想；走进西藏，也许会看见天堂……"那声音声振林木，响遏行云，似乎能够净化人的灵魂。于是，许久以来，到西藏行走一次便成为我埋藏在心中的一个愿望。特别是近两年来，为主持河北省几所高校的百年校史论证会和讨论确定高校校史的原则与标准，我曾三次去承德，见过当年清朝皇帝下令修建的小布达拉宫，虽然只是缩小的建筑，但已经是相当雄伟壮丽，故而更想看看真正的布达拉宫。

2004 年 8 月上旬，我因参加"大众化进程中的中国西部地区高等教育"学术研讨会，终于有机会和时间走进西藏。此次研讨会由《教育研究》杂志社、西藏民族学院、西藏大学联合举办，实际上最初动议是在厦门大学由教育研究院 2002 级在职博士生高宝立主编和王学海副院长提出的。作为高等教育研究的重镇，本院共有十位教师接到会议邀请，但最后因各种缘故，只有我一人成行，由此也可见去西藏之难。

说是走进西藏，其实我也是飞进西藏。因为现代几乎已没有什么人还真的步行进藏，至少也得乘汽车前行。古时候即使是车马兼行，从内地到拉萨最短也要几个月。据说唐代文成公主入藏时，前后用了三年，可以想见其中的艰辛,当然可能还有适应气候和高原反应等问题。唐代入藏和亲的还有金成公主。由此我想到了中国古代和亲的历史。虽然从不同民族和睦相处的角度来看,和亲有其积极的意义,但用现代的眼光看来,对出嫁给异族的皇室少女来说,从小在皇宫大内娇生惯养的她们,要远嫁到完全陌生的地理和文化环境中给一个外族的王公做妻妾,简直难以想象。当男人们用军事手段和政治智慧无法解决纷争时,便将重任压到女人娇柔的身躯上,交由"水做的骨肉"去承负,实在有点残酷。当然,文成公主进藏后带去了许多先进的文化和生产经验,加上她本人聪明贤惠,辅佐松赞干布治藏,对西藏的发展起到了重要的推进作用,至今还为藏民所怀念。唐人陈陶《陇西行》诗云:"自从公主和亲后,一半胡风似汉家。"可见此次和亲对吐蕃吸收汉族文化有不小的影响。在今天的拉萨大昭寺,文成公主的塑像也是被供奉得最多的神像之一。

古代中原人将西藏称之为吐蕃。在漫长的年代中,汉族中央政权与吐蕃政权不断处于和平与战争交替进行的状态。例如唐代,有时是唐朝联合其他少数民族一同与吐蕃作战,有时则是化干戈为玉帛,进行"唐蕃会盟"。如此几度与唐朝会盟、败盟,甚至在公元787年会盟时"劫盟"。不过,823年终于建立了《唐蕃会盟碑》,因为和平毕竟是历史的主旋律。当今一般旅游介绍总是有意无意地隐恶扬善,只说和而不说战的内容,尽量不去提历史的阴暗面,连西藏博物馆现在都将反映过去农奴制的展品撤换掉。多数国家和民族都是这样,学者掌握的知识不一定要全部推广到所有民众。但作为学者,总该全面了解历史的真相。

西藏的典型地貌是一座座相连的山川、裸露的褐色山体,以及在行进途中不时可以望见的雪山。过去我们唱"高不过喜马拉雅山,长不过雅鲁藏布江",现在流行的歌曲是《青藏高原》、《珠穆朗玛》,给人的感觉特别圣洁、超凡脱俗,那是一个离太阳、离天堂,或许也是离理想最近的地方。不过,没去过西藏的人多不知道,西藏的东南部居然与江南的景色十分相似。

除了游览拉萨,我们还到了藏东南的林芝地区。汽车翻过米拉山口,公路从尼洋河的源头,一路沿着河流往下延伸。尼洋河咆哮着、轰鸣着,奔腾不息。"飞流直下三千尺,疑是银河落九天",这是李白《望庐山瀑布》中的诗句,但实际上三千尺只是诗意的夸张,而沿路的尼洋河落差足有一千米,还真是"直下三千尺"。灰绿色的河水湍急涌动，一去不复返，令我一路回想起美国电影歌曲"The River of No Return"中那伤感的词曲。在当今中国，已很难见到流量如此之大而水体还如此纯净的河流了。由于林芝是福建和厦门对口援藏的地区，在林芝市区还有"厦门路"、"厦门广场"、"福建园"，让我这个从厦门来的游子感到格外亲切。

这次会议讨论的主题是"大众化进程中的中国西部地区高等教育"，我提交论文是《论西部地区的"高考移民"问题——兼论科举时代的"冒籍"现象》（与樊本富合作）。在中国古代，科举考试和儒学几乎是无远弗届，连周边国家都泽被其中，唯独西藏是个例外。在现今中国30余个省市区中，西藏是唯一不受科举和儒学影响的地方。西藏（包括整个青藏高原）是一个相对封闭而独立的地区，大概部分是因为海拔太高的缘故，在近代以前，始终没有外来军事力量能够深入其中。中国的西域多为山脉和高原，而东面则是平原和海洋，水往低处流，因此中国人向来是从西天取经，再向东方传播。就科举制而言，也是在西域较难渗透，在东土则广为流布。但在今天，随着西藏的开发，高等教育也在蓬勃发展，只是与内地的水平还存在着巨大的落差。例如，2001年高考录取分数文科重点线最高的山东达580分，比最低的西藏440分高出140分；二批本科文科最高的是山东535分，比最低的西藏350分高出185分；二批本科理科最高的山东559分，比最低的西藏300分高出259分。从地理环境来说，西藏无疑是海拔高原和世界屋脊；从高考分数线来说，西藏则是属于典型的"高考洼地"。于是现代的高考移民不畏艰险，想方设法移入西藏。

在我们下榻的宾馆附近便是林芝一中，而林芝一中是"高考移民"特别多的学校。2004年6月高考成绩公布后，林芝地区500分以上的文科考生25人，其中只有3名是进藏干部职工子女和当地考生。500分以上的理科生57人，其中只有三四个考生是进藏干部职工子女和当地考生。其余考生基本上都是外地转入林芝地区尤其是林芝一中的考生。倾斜的高考分数线以及相关的高考移民问题，与科举时代的区域均衡和"冒籍"问题如出一辙，是一个很难解决的千古难题。问题的核心还是经济发展水平不同，高等教育资源的不均衡。我想，当西藏的社会经济也能够发展到接近沿海地区时，当高等教育也能走进西藏的藏族大众之中时，也就真正走近中国高等教育的理想了。

　　走进西藏不易,走近理想更难。只有经过艰苦的治理,西藏的环境才能得到改善和保护;只有经过不懈的努力,西藏的教育水平才有可能渐进地提高。带着对西藏的深刻印象,乘飞机回到内地后有一种轻松感,以及一点认识:没去西藏的人很难想象西藏的荒凉西藏的美,去过西藏的人很难忘却西藏的荒凉西藏的美。

　　(原刊《国际高等教育研究》2005 年 2 期)

博状元饼:科举文化的独特遗存

平分秋色明月照,巧合四红状元收。又近中秋月圆,厦门人又要迎来激动人心的博状元饼的佳节。伴随着叮当作响的骰子声,惊叫声、感叹声、欢呼声此起彼伏,大家无贵无贱、无长无少、无拘无束,遵守共同的游戏规则,参与公平竞争的博饼,其乐融融,其乐陶陶。全市大街小巷都洋溢着一种轻松欢快的过节气氛。厦门的中秋节因为有了博饼游戏,其热闹快乐的程度一点都不亚于春节,在厦门经历过中秋的外乡人对这个城市印象最深的往往是博饼。博状元饼已成为厦门地方文化的特色之一,也是许多厦门人引以为豪的风俗。不过,多年来,一般人对博状元饼习俗及其起源的认识却存在着明显的误区。

博状元饼并非厦门独有

长期以来流行的说法是,博状元会饼是我们厦门人过中秋的独特民俗,有些文章还认为这在全国是独一无二的。但实际上并非如此,现在闽南其他地方和台湾的部分地区也流行着基本相同的中秋博状元饼习俗。

例如,在闽南晋江、石狮有些乡镇也流传着的一种中秋节夺状元饼的习俗。人们聚在一起,取各种大小不一的月饼,用红纸贴上"状元"、"榜眼"、"探花"、"三会"等等名目,每人用骰子四粒掷入碗中,以四点红为最高,竞夺状元饼。夺得状元饼者,意味来年定有好运气。其玩法与厦门的规则基本相同。在安海,中秋赌饼也已成为一种商业活动和大众游戏(《石狮日报》2001年12月10日)。福建人民出版社1985年出版的《福建风物志》中也记载:在厦门、漳州、泉州、金门一带,中秋节有"夺状元饼"的习俗。

在台湾省的中部和东部地区的一些城乡,至今也同样还流行中秋博状元饼的习俗。状元饼也是根据旧式的科举制度的名称,按广式、潮式、苏式和宁式配套而成的大大小小的63个月饼;每套包括各1个状元、榜眼、探花饼,8个进士饼,16个举人饼,32个秀才饼。有的会饼还有贡生、童生和白丁饼若干。状元饼最大,直径达一尺余,像脸盆般大,有的还用铁模印上状元游街或状元拜相一类的图像。以下月饼按科名地位逐次减小,饼上用红纸标明名称。在厦门对岸的金门县,金城镇吴厝社区发展协会每年庆祝中秋社区联欢晚会,都有博状元饼大赛。只要通过互联网用"状元饼"三字搜索,就可以看到台湾许多地区博状元饼的信息。由此可见中秋博状元饼并非厦门所独有。

博法并非郑成功部属发明

现在厦门关于博状元饼起源的流行说法不一定符合历史实际。流行的说法为,300多年前郑成功据厦抗清,其士兵多来自福建、广东等地,中秋前后愈发思亲怀乡。郑的部将洪旭为了宽释士兵愁绪,激励鼓舞士气,利于驱逐荷兰殖民者收复台湾,于是与当年驻扎在今厦门洪本部33~44号的后部衙堂属员,经过一番推敲,巧妙研究设计出中秋会饼,让全体将士在凉爽的中秋夜晚欢快拼搏。每会月饼按照各级科举制度的头衔,设有"状元"1个,"对堂(榜眼、探花)"2个,"三红(会魁)"4个,"四进(进士)"8个,"二举(举人)"16个,"一秀(秀才)"32个。全会有大小63块饼,含有七九六十三之数,是个吉利数字。因为九九八十一是帝王之数,八九七十二是千岁数,而郑成功封过延平王,所以用六十三之数。

可惜的是,所谓郑成功部属发明博状元饼的故事只是美丽的传说而已。尚不知这一传说的最初根据。就我所知,博状元饼游戏应该是从明清时期全国多数地区都有的玩"状元筹"或"状元签"的科第习俗演化而来。

"状元筹"又称"状元签",是明清时期主要流行于士人阶层的博弈用品,通常用骨质或象牙为材料,全副状元筹由63支长短大小不一的筹条(或称签条)组成。每支筹条上刻有从状元到秀才的不同科名和注数(注数类似于我们今天打牌时的分数或点数),以科名高低定注数。状元1支为32注,榜眼1支为16注,探花1支为16注,会魁4支各为8注,进士8支各为4注,举人16支各为2注,秀才32支各为1注,总计63支192注。这是最常见的筹数,我曾在北京琉璃厂见过两副非常精美的完整的象牙质状元筹,并购得数支零散的会魁、进士、举人筹条。还有个别较少见的状元筹，全副有 67 支，除了上列筹条外另有传胪、会元、解元各 1 支，状元为 64 注，总注数为 384 注。

状元筹的玩法有谱可循，其游戏规则与厦门中秋博状元饼的规则基本相同。例如，我在北京购得的一块清代象牙质状元筹谱上刻着："状元：四红合巧得、五子一色夺、全色全收"，"会魁红三对，进士黑分相，举人二红，秀才一红"等等。8 年前我在厦门市文物商店也见到过一块与此基本相同的状元筹谱。因为此游戏靠掷 6 个骰子来博弈并以红四点为胜，所以又称"掷状元筹"、"掷状元红"。

"状元筹"的产生与流传

关于状元筹产生的具体年代已难详考。早在宋代，就有"状元局"的游戏，陆游还有描写状元局的诗句。状元筹大概在明代就已出现，到清代盛行于全国多数汉族地区。清人顾禄《清嘉录》卷一《状元筹》载："取科目名色，制筹为局戏，岁夕聚博，以六骰掷之，得状元者为胜，取及第争先之谶，谓之状元筹。"此条资料还载有无名氏《状元筹乐府》，其中说：

升官图里夸捷径，科甲丛中更争胜。

献岁惊闻笑口开，果然夺得状元回。

举人进士唾手得，何物秀才不出色。

博取功名只如此，安用六经廿一史。

一筹莫展者谁子，那不呼卢喝为雉。

状元筹的出现是与科举制密切相关的。自从隋唐以后，科举制在中国社会上的影响越来越大，从士人到农、工商阶层都对科第十分尊崇，不仅政治、教育、文学等打上了深刻的科举烙印，而且连社会习俗也受到科举制的广泛影响，状元筹便是科举制对民俗影响的一个例证。不过，尽管骰子在唐代已定型且唐代已有进士、状元等科举名称，但可以推断，状元筹的出现时间必在明代以后。因为在明代以前举人还不是一个独立的科第名位，秀才的含义也有所不同，并非只是府州县学生员的别称。状元筹中的科名系列反映的是明清科举的情况。

从前人们掷状元筹与现代厦门人博状元饼的情形相似,甚至博得大筹高兴起来"绕床脱帽或狂呼"。《清嘉录》卷一《状元筹》又载郭麐诗云:

> 牙筹一握长短排,上有细字书官阶。
>
> 玲珑骰子数用六,纷纷五色迷人目。
>
> 就中状元贵无比,入手争看色为喜。
>
> 无心一掷竟全红,失意终朝或三褫。
>
> 其余琐细但中程,千佛亦足称名经。
>
> 只有秀才众所易,了无宠辱关轻重。

由于状元筹游戏有其独特的吸引力,至清末还在流传。清代小说《儿女英雄传》第二十四回,《九尾龟》第一百二十八回,《镜花缘》第六十九回、七十七回、九十回都有描述民间"抢状元筹"、"夺状元筹"、"玩状元筹"的情节。当传到社会各阶层之后,状元筹的制作材料就不再讲究了,往往以竹签代替象牙或骨质的材料,因此状元筹又称为状元签。甚至在科举制废除之后,一些地区还流传着这种游戏,如广东潮汕地区乡间和闽西长汀等客家居住地的部分人群中,在民国以后都还曾流传着过年时耍状元签游戏的习俗,因为博法简单,甚至成为妇女尤其是老妇女玩乐的一种方式(见方烈文主编《潮汕民俗大观》,汕头大学出版社1996年版,第329~330页)。

有的人认为,状元筹是古人寓教于乐的娱戏,是力图激励人们公平竞争、启发思维、进取向上的一种教育方法。当然,也有人用这种方法来占卜流年运气,状元筹有时也被当作赌博的器具。现在北方和江浙一带民间还收藏有少量象牙制状元筹,而骨制尤其是竹制的状元筹因为材质不珍贵,很少存留下来,而其游戏规则就更少有人知晓了。

但是,状元筹的游戏规则因为被移用到会饼上而得以保存下来。中秋博饼在闽南、台湾历史悠久,开始时是在文士而不是在武士中流行。据清代蒋毓英修《台湾府志》卷六《岁时》载:在中秋节这天,"是夜士子递为燕饮赏月,制大面饼一块,中以红朱涂一'元'字,用骰子掷以夺之,有秋闱夺元之想"。后来高拱乾等修纂的《台湾府志》卷七《风土志》所记略同,并说这种饼名为"中秋饼","用骰子掷四红以夺之,取秋闱夺元之义"。范咸等修《重修台湾府志》卷十三《风俗》也是大同小异,关键的这句话为"掷四红夺之,取秋闱夺元之兆"。秋闱是指科举乡试,中秋这一天是明清两代 500 多年间乡试第三场的考试和出场时间,因此八月十五是与科举考试密切相关的重要日子。清代台湾一些府县的读书人为求得科举考试的吉兆,利用中秋赏月之际,玩吃状元饼的游戏,并借此预卜当年考运。凡得状元饼者,明年中秋还得送来状元饼再参加竞赛。据娄子匡《岁时丛谈》详细记载这种"斗四红"风俗的玩法为:文人雅士相邀买一组饼单,可以换取大小状元饼 63 个,然后用掷骰子(6 个或 4 个)来争取状元饼,以掷取"四红"之数分取饼单,如得 4 红则称"状元",可夺取最大的饼。有的人认为,中秋夜博状元饼是明清两代鼓励民间多读书、求功名的一种怡情且益智的游戏。

总之,博状元饼的出现时间应在状元筹之后,是在状元筹博法的基础上演化而来的,63 不过是从状元到秀才 7 种科名的连续倍数相加。不仅从两者出现的时间上分析是如此,而且从常理上说,由于小的月饼尤其是最小的"一秀"很难印上"秀才"等字样,一般情况下是在人们已熟知 63 个大小科名和游戏规则之后,才能顺利地进行博状元饼的游戏。至于是谁或具体何时最初以会饼代替筹条,今天已很难确考。所谓郑成功部将洪旭发明这套博法的传说,需要举出可靠的原始依据才站得住脚。我们也很难想象这种起初主要是在文士中流行的游戏会由武将设计出来。

厦门文化的特色之一

介绍博状元饼习俗的来龙去脉、颠覆过去广泛流传的说法,是为了让人们了解历史事实和现实真相,而不是否定厦门市博状元饼习俗的意义和价值。

科举制度在中国历史上存在了 1300 年,是中国古代一项集文化、教育、政治、社会等多方面功能的基本制度,它曾长期左右着士人的命运和文风时尚。1300 年间,传统中国官僚政治、士绅社会与儒家文化皆以科场为中心得以维系和共生,科场成为中国社会政治生活和人文教育活动的一个重要内容。科举制虽有不少弊端,但在当时历史条件下也有其存在的理由。尤其是科举制在 19 世纪被英美等西方国家所借鉴,对世界文明进程产生过积极的影响。在一定意义上说,科举制可以称之为中国的"第五大发明"。

　　清代以前,全国各地都曾流传着各种各样的与科举考试有关的文化习俗,但在 1905 年废止科举制以后,多数相关的习俗都已逐渐消失了。现在有不少地方还有用科名命名的东西,如酒令中的"五经魁"等叫法,一些地区的"状元红"酒、"状元豆"等食品,体现的也是从前人们对科名的崇尚心态。古城开封现在还有"进士糕"与"状元饼"的传统名点。相传宋代每年进京赶考的书生云集京师开封,商人们迎合考生心理,争相制作"进士糕"与"状元饼",用不同的模子压上"进士"和"状元"的字样,放入炉中烘烤而成。经加工制成的进士糕、状元饼颜色大红金黄,形体大小匀称。今天进士糕和状元饼不再只是古代文人、学士们喜爱的佐餐佳肴,已成为人们馈赠亲友和招待贵宾的高级礼品。

　　闽南、台湾一带以科名月饼取代竹制或骨制、象牙制筹条,并将博戏时节从春节前后移到中秋,使这种别致的科举文化习俗得以存留至今,这是古代科举文化现代遗存的典型事例,具有其独特性和特别的价值。古代厦门人对科名也很尊重,清代道光十九年(1839 年)刻印的《厦门志》卷十五《风俗记》中,并没有记载中秋博饼的习俗,但却提到本地重视科第的民俗:"有掇科第赴爵秩者,无论同乡井,即素未谋面,一刺下谒,殷勤礼赠。"这段话意思是说,当时厦门人对考中科举赴任者,即使从来不认识,只要有一张名片送过来,人们就会赠予贺礼。博状元饼的习俗在厦门能够顽强地延续下来并格外风行,是与厦门人向来重视教育的传统分不开的。

　　博状元饼习俗不仅为我们了解和研究中国历史上非常重要的科举制度的社会影响提供了"活化石",更重要的是保存了一种具有鲜明中国特色的娱乐种类,为大家提供了一种老少皆宜、雅俗共赏、寓教于乐的活动。虽然此风并非厦门独有,但在厦门特别盛行而且日益发扬光大,近年来还不断赋予其新的内容,已成为厦门民俗文化的宝贵遗产,也是构成现实厦门文化的特色内容之一。

　　(原刊《厦门晚报》2003 年 8 月 22 日)

送别母亲

今天,我们亲爱的母亲即将永远离我们而去,我们怀着无比悲痛的心情,在此沉痛悼念生养哺育我们的母亲。

母亲66年前出生于福建省永定县湖雷镇石坑村的一个大户人家。1953年,作为永定县仅有的两个高中女毕业生之一,以优异的成绩考入福建师范学院中文系。1957年毕业后来龙岩当中学教师,从此,她将全部年华献给闽西的教育事业。40多年来,她辛勤耕耘于中学教坛,培养了一届又一届学生。从我们懂事时起,便知道妈妈非常认真备课,一丝不苟地对待每一堂课。至今家里还留下母亲大量精心撰写的教案,在每一本教材上都写有密密麻麻的注释和评论。母亲在灯下批改作业的情景至今仍历历在目。她还十分关心学生的成长,从学习到生活都给予指导和帮助。她对工作认真负责的态度和甘于奉献的精神永远值得我们学习。身为一名普通教师,母亲一生中曾遭遇不少困难和挫折,但都坚韧不拔,顽强地克服过去。母亲默默无闻的一生,是平凡而又不平凡的一生。

在生活中,妈妈含辛茹苦、呕心沥血,尽力哺育我们四个儿子成长。母亲青少年时代家道殷实,1958年结婚后,随着四个儿子连接出生,不得不过起清苦的生活。她自己生活虽然相当节俭,却十分重视后代教育,悉心培养孩子。她经常教导我们要努力向学,做对社会有用的人。作为一个受过高等教育的知识分子,她一再强调知识的重要,强调学习的重要。在母亲的教训和激励下,在老师的培养下,我们兄弟认真读书,力争学有所成,有所出息。可以说,没有母亲勤俭持家、言传身教,就没有我们兄弟的今天。母亲还非常关心一些亲友后代的教育,在力所能及的范围内,帮助多名晚辈接受教育。对待许多农村亲戚,母亲也是感念在心,尽可能在一些方面给予关照。现在,母亲虽已远行,但却给我们留下一笔珍贵的精神财富,使我们懂得应该认认真真做事,老老实实做人。谁言寸草心,报得三春晖?母亲付出的实在太多太多,而我们所能报答的却太少太少。

　　在母亲的人生历程中,曾经历过不少教育单位。在母亲最后工作和生活过 20 年的龙岩二中,曾在母亲困难的时候给予过各种关照。母亲患病治疗以及治丧期间,二中的领导和教职员曾给予过巨大的帮助和深情的关怀,对此,母亲和我们深怀感激,铭记在心,龙岩二中永远是母亲和我们的精神家园。各位亲朋好友以及学生对母亲生前身后的关心和帮助,我们也永志难忘,并衷心地表示深切的谢意。

　　人生一世,草生一春。母亲将毕生精力献给了祖国的教育事业。我们将继承母亲的遗志,在国内的儿子和媳妇,为福建和中国的教育事业贡献自己的力量,在美国的儿子和媳妇,心怀故土,尽力报效祖国。我们一定不会辜负母亲的殷切期望,成为对祖国、对社会有用的人,以告慰母亲在天之灵。我们知道,母亲将不带遗憾而去,一定会含笑于九泉之下。

　　永别了,亲爱的母亲,您安息吧!

　　(原刊《达拉斯新闻报》1999 年 2 月 26 日)

独特的墓志铭

墓志铭是刻在墓碑上有关死者生平事迹的文字，又称碑志或碑铭。"碑者，悲者。"墓志铭一般是死者的亲友撰写的，表达人们的悲哀、悼念之情，并多有赞扬和安慰之词。然而，有些文学家艺术家的墓志铭却是自己生前写下的，而且颇为独特，耐人寻味。

美国著名进步作家杰克·伦敦的墓碑上，遵照他的遗嘱刻着一句简短的墓志铭："匠人弃而不用的石头。"这意味深长的一句话反映出他的世界观。杰克·伦敦一生中写了大量的小说，《马丁·伊登》、《深渊》、《海狼》、《荒野的呼唤》等成为世界名著，短篇小说《热爱生命》也广为人们所传颂。但在资本主义社会，他这私生子出身的作家备受歧视，加之他后期脱离工人生活，避开社会现实，逐渐感到精神的空虚和创作的绝望，最后跟他的自传体小说《马丁·伊登》中的主人翁一样，走上了自杀的道路。墓志铭便是他一生的曲折写照。

英国诗人济慈临终前希望在他的墓碑上题上："这儿睡着一个姓名用水写的人。"意思是说，他的名字像水写的字一样转瞬泯灭，不留痕迹。这不仅是一句谦辞，也反映了诗人的命运。

《红与黑》的作者司汤达热爱意大利和艺术。他是法国人，遵照他的遗嘱写的墓志铭却说是"米兰人。活过，写过，爱过，并膜拜齐马洛萨、莫扎特和莎士比亚"。短短的墓志铭概括了他的一生，是他的人生缩影。

列宁曾赞誉过的普希金《纪念碑》一诗，刻在莫斯科中心的普希金铜像上。诗中写道："我为自己建立了一座非人工的纪念碑，在人们走向那儿的路上，青草不再生长，它抬起那颗不肯屈服的头颅，高耸在亚历山大纪念石柱上。……我所以永远和人民亲近，是因为我曾用我的诗歌，唤起人们的善心。在这残酷的世纪，我歌颂过自由，并且还为那些没落了的人们祈求过怜悯同情。"

这首作为墓志铭的诗，写出了诗人崇高的志向和使命，并且还为他一生的诗的创造,作出了最后的总结。拉斐尔墓碑上的铭文是"活着,大自然害怕他会胜过自己的工作;死了,他又害怕自己也会死亡"。舒伯特的亲友在他的墓碑上刻了这样一句话:"死亡把丰富的宝藏,把更加灿烂的前途埋葬在这里了!"这两则墓志铭也独具特色,寓于哲理。

人们常说"文如其人",从这些文学家、艺术家的碑铭看来,也可以说是"碑如其人"。我们怀念故去的伟人,不仅要记住他们的名字,还要记住他们的光辉业绩。革命导师恩格斯的骨灰遵照他的遗嘱,沉进深邃渊博的大海里,与大海这"自由的元素"(普希金语)融为一体;周恩来总理的骨灰撒在祖国辽阔的江河大地上;刘少奇同志的骨灰撒在蔚蓝的海洋中。他们虽然没有留下墓志铭,但他们的英名将与事业永存,正如地负海涵的自然界一样天长地久;他们的英名铭刻在人民心上,可谓有口皆碑,流芳百世。

(原刊《厦门日报》1989 年 5 月 28 日)

序文集锦

凤凰树下随笔集

《大学之道——在建设一流大学的征程上》序

大凡名牌大学都有深厚的历史底蕴，这种底蕴往往体现在学术传统和校风校貌上，也体现在学校的个性和气质上。厦门大学是一所很有人文气质的大学，这从她的校训和校歌中便可看出来。1921 年 4 月开办厦门大学时定下的校训是"自强不息"，7 月新校长林文庆上任后将校训改为"止于至善"。后来又演变为两者的结合。"自强不息"容易理解，指自觉地积极向上、奋发图强、永不懈怠。"止于至善"则较为深奥，指通过不懈的努力，以臻尽善尽美而后才停止。世间很少有什么事情能达到十分完美的程度，那么这种追求和努力就永不停息。而且，"止于至善"这四个字还隐含着"大学之道"的意蕴，因为"止于至善"语出《礼记·大学》："大学之道，在明明德，在亲民，在止于至善。"大学之道的最高境界或最终目的在止于至善，因此，厦大的校训中实际上就有"大学之道"的含义在内。

现今又提倡唱厦大校歌了。厦大在建校之初便定下了校歌："自强，自强，学海何洋洋！谁欤操钥发其藏？鹭江深且长，致吾知于无央，吁嗟乎南方之强！自强，自强，人生何茫茫！谁欤普渡驾慈航？鹭江深且长，充吾爱于无疆，吁嗟乎南方之强！"由郑贞文作词、著名音乐家赵元任谱曲的厦大校歌，旋律悠远高洁而又深沉豪迈，唱之闻之令人回肠荡气，我甚至还可以从中感觉到一种超凡脱俗的禅意。这实在是一首很美的校歌，有一种激励人奋发向上的精神力量。

校歌中"南方之强"四个字，十分通俗，一看就懂，意思是地处南方的强校。但"南方之强"还有另外一重含义，即"宽柔以教"之意，很少人知道这句话是有经典来历的，甚至连厦大人都很少了解，《中庸》第十章载："子路问强。子曰：南方之强与？北方之强与？抑而强与？宽柔以教，不报无道，南方之强也，君子居之。衽金革，死而不厌，北方之强也，而强者居之。"孔子在回答子路关于"强"的问题时，对南方之强与北方之强的不同表现作了辨析。考中进士后从同安任官起家的宋代高等教育家朱熹在《四书章句集注》中对此"南方之强"注释说:"南方风气柔弱,故以含忍之力胜人为强,君子之道也。"这与北方风气刚劲、以果敢之力胜人为强颇为不同。地处温馨柔美的南方城市厦门,厦大也具有温和、沉稳的个性,她的强大往往体现在以柔克刚、"宽柔以教"上。确实,偏居东南一隅的厦大,其强大一方面表现在通常各大学可比的指标上,另一方面则体现在以特色取胜上。

厦大是一所很有特色的大学,在中国高等教育史上具有独特的地位。她是中国第一所由华侨独资创办的大学,在筹办和开学之初,曾引起中国教育界的震动。陈嘉庚在创办厦大时就期望将其办成"南方之强"。在后来历经曲折的办学过程中,厦大人恪守"自强不息,止于至善"的大学之道,始终孜孜不倦地追求并逐步实现"南强"之梦。厦大曾有过辉煌的办学历史,发展到 20 世纪末 21 世纪初,则面临着前所未有的机遇和挑战。与 20 世纪40 年代以前不同,现在中国的大学数量众多,群雄竞起。在争当或保持一流大学的角逐中,譬如逆水行舟,不进则退。在百舸争流的竞争态势中,近年来厦大的发展仍然延续和发扬了厦大的传统和特色。

独立发展、自强不息是厦大发展的一大特色。英国高等教育家阿什比在《科技发达时代的大学教育》中有句名言:"大学的进化很像有机体的进化,是通过继续不断的小改革来完成的。大规模的突变往往会导致毁灭。"(人民教育出版社 1983 年版,第 20 页)这句话用在中国只对了一半,因为20 世纪 50 年代初和 90 年代的院校调整与合并,对这些大学而言都可以说是大规模的突变,但一些大学消亡了,一些大学在整并后却浴火重生,增强了综合实力和竞争力,获得了新生。而厦门大学在 90 年代后期的合并风潮中无校可并,只有自强不息。通过苦练"内功",厦大的实力也大为增强。虽然规模不如有些航空母舰式的大学,然而一旦以人均排名来考察,厦大的实力在全国是相当靠前的。主要是因为远离京城并且不在省会,厦大游离于新一轮院校合并风潮之外,成为"孤独的另类"。不过,无校可并或不愿合并一些小的高校,在一定意义上也未尝不是件好事,因为至少可以免去并校过程中的强烈震荡和磨合成本,可以较为专心致志地从事教学科研,也不会出现院校更名带来的负面影响。

多年来,我研究中国高等教育发展史,近两年还负责研究教育部委托的关于中国高等学校校史追溯、院校更名的两个课题,对跌宕起伏变化多端、聚散离合变动频仍的中国高等学校变迁史颇为熟悉。在一些有关高校校史追溯和更名的全国性会议上,我多次宣称:除了厦大,没有任何一所校龄超过 80 年的中国大学从未改过名的。一开始其他专家都不相信,结果列举的著名大学我都能指出其改过的名称。我认为,厦大的确是中国高校中的一条"好汉",即"行不改名,坐不改姓"。

在厦大 80 多年的历史上,也曾出现过改名风波。1940 年初,民国政府教育部根据福建省教育厅的意见,将新办的福建大学并入当时搬迁到长汀的厦门大学,拟将厦大改名为福建大学。当拟将厦大改为福建大学的消息传到长汀时,厦大师生群情激愤,旅汀毕业同学会和新加坡校友都召开大会,强烈要求教育部收回成命。他们认为"厦门大学创办迄今,已历廿载,负有国际上、学术上之荣誉,苟予轻易改名,过去光荣历史,势将付诸东流,可惜孰甚?"(《厦门大学校史》,第 1 卷,第 187 页)而且,厦大毕业生留学者不少,在校成绩早被欧美大学正式承认,一旦改名,将来同学进修及学校行政必多困难。经过多方努力,特别是陈嘉庚先生于 1940 年 3 月底在重庆,明确反对当时行政院长孔祥熙和教育部长陈立夫关于厦大改为福建大学的意见,迫使民国政府改变决定,厦门大学的校名幸而得以保存。

过了半个世纪后,作为厦大的一员,我初读《厦门大学校史》时,对当年福建省教育厅和民国政府将厦大改为福建大学的计划也相当有看法。不过,近年来转念一想,觉得省厅和教育部的动议也是事出有因的。由于当时大半个中国已沦陷,抗日战争处于最严酷的阶段,厦大已搬迁到长汀两年多,在有些人看来,抗日战争何时能够胜利甚至能否最后胜利都还是个未知数,既然大学已不在厦门,长期仍称厦门大学是否名不副实?而用"福建大学"之名,名称似乎更大,涵盖面更广,无论是一直在长汀或将来回厦门办学都无不可。而且,厦门大学既然已在 1937 年抗战前夕改为国立,政府根据需要将其改名也是不足为奇的事。然而,就是在当时那样特殊的情况下,热爱厦大的人士仍然执着地怀抱着海的向往,坚守着"厦门"的名称,动员一切可以动员的力量,通过陈嘉庚先生的影响,硬是使国民政府收回成命。行到长汀偏不改名,坐在厦门永不改姓,最终成就了厦大这个中国老牌大学中唯一的"好汉"。

秉承厦大的"大学之道",陈传鸿校长在其任内励精图治,不遗余力地推动厦大发展。本书的内容便是他领导厦大期间的理论思考和改革实践的历史纪录,这些文章包括教学、科研、社会服务等各个方面,涉及大学的精神文明建设、政治思想教育、学校发展规划、教学质量评价、科研体制改革、科技成果应用、现代远程教育、后勤体制改革等方方面面。而给我留下最深印象的,则有以下三点。

一是加强学科建设,构筑竞争实力。"自强"是厦大的一个光荣传统,在没有并校资源的情况下,要使厦大获得长足发展,必须紧紧抓住学科建设这个核心,构筑高校核心竞争力。厦大历史上曾发生过因文理科地位轻重和经费使用倾斜而导致的学潮,如何处理或平衡文理科的关系,使各学科协调发展经常是综合大学要面对的一个问题。在陈校长的任内,在学科建设方面,文理并重,注意扶助人文社会科学,使文理科比翼齐飞。作为一位理科出身的校长,陈校长对文科仍然十分重视。确实,较少的投入便可能见效,综合大学重视文科的发展对学校的综合实力和大学排名的提高都有明显的作用。厦门大学近年来文科实力不断增强、名列中国大学前茅是与历史积淀及近年来学校的政策分不开的。

二是追求办学特色,提高办学水平。厦大的特色是"侨、台、特、海"。近年来南洋华侨和校友一如既往地支持厦大的发展,建校 80 周年时落成的嘉庚楼群和更新后的芙蓉园,使厦大的校园更加美丽独特更有南国风韵。而面向特区、面向台湾、面向海洋、面向东南亚,则使厦大的优长学科独具特色。"不求最大,但求最好"是厦大曾经提出过的奋斗目标,我以为这是非常好的一句话。世界一流大学规模多不很大,学生数通常在一两万人之间。真要办出高水平有特色的大学,规模一定不能太大。然而,正如陈校长在卸任讲话中所说,这些年来厦大一直面临扩大办学规模和提高水平的双重压力。如何解脱此两难状况,值得学校领导和地方政府的全面考量与政策调整。

三是抓住历史机遇,推动省市共建。作为一所不在京城或省会的重点大学,厦大远离政治文化中心,在获取各种资源上有诸多不利之处,所幸多年来得到省市政府尤其是厦门市政府和人民的巨大支持。福建省和厦门市从共建经费等方面给予厦大巨大的支持,厦大通过输送人才、科技服务、出谋划策、文化熏陶等有形无形的方式回馈地方,这是一种水乳交融、相互依存的关系。大学是一座城市、一个省份的品牌和名片之一。一所名牌大学,可以提高城市的声誉和品位，提高城市的知名度，改善城市的人文环境甚至投资环境。这是一种潜移默化、润物细无声的过程。近年来教育部与省市共建厦门大学，是将厦大办成国内外著名的高水平的重要动力。

陈校长在任内与其他校领导一道，为厦大的发展做出过巨大的努力，厦大的实力和水平跃上了一个新台阶，这从本书附录一《厦门大学近年来发展状况统计》的比较中可以明显地看出来。这当然是厦大领导集体和全校师生共同奋斗的结果，但不可否认与一校之长也有非常密切的关系。本书的构成有不少是理论研究文章，而更多的是报告和讲话，这些篇章客观地反映出近年来厦大发展的实际轨迹，或者说本身就是厦大发展历史中的一个部分。理论与实际紧密结合，从厦大的实际出发推动学校改革，在本书的内容中可以清楚地看出来。因此，本书不仅对关心厦大和想了解、研究厦大的人有特别意义，对中国的高校领导人从事高教管理也有参考价值。

我在厦大高教所担任 9 年副所长之后，于 1996 年 6 月起担任所长。而陈校长也在 1996 年 6 月开始主持学校工作，直至 2003 年 6 月其任厦大校长届满到龄致仕，7 年中我一直是其下属之一，对其主政的情况从一个侧面有较为直接的了解。如今陈校长礼贤下士问序于我，再三推辞未果，于是恭敬不如从命，引发我写出以上文字。是耶非耶，姑妄言之，谨以为序。

（本文为陈传鸿著《大学之道——在建设一流大学的征程上》序，厦门大学出版社 2003 年 12 月出版）

《中国高等教育大众化发展道路的研究》序

上大学,是大多数青少年学子都会有的愿望。然而,多少年来,大学之门是那么狭窄,对绝大多数人而言,上大学不过是藏存于心中的一个梦想。记得我在上山下乡期间,当白天在水田中长时间弯腰割稻的间歇抬头望着蓝天与青山的交接处的时候,当夜晚在牛棚之上的卧室里就着一灯如豆的光线读那时的禁书的时候,心中还不时会掠过一丝上大学的幻想。1977年冬,570万考生怀着兴奋的心情踏进考场,结果只有27.3万人如愿以偿,录取的比例是21∶1。所以我在那年考入厦门大学,感到特别幸运,因为当时考上大学的机会实在太小了。

然而,比起从前的读书人来,能有机会参加激烈的高考竞争就算不错了。近代以前,在东西方各国,接受高等教育都只是少数人的特权。中国古代有国子学、国子监,顾名思义,就是培养"国子"的机构,只有王公大臣的子孙才能入学,一般平民子弟是无法窥其堂奥的。即使到了近代大学兴起之后,高等教育主要还是培养社会的精英,大学生往往被称之为"天之骄子"。1958年的教育"大跃进",试图使更多的大众能够接受高等教育,结果发现这不过是违背教育规律的一厢情愿。"文革"时期所谓的"大学就是大家都来学",更是不着边际的空想。真正使高等教育走近中国广大民众,还是在经济大为发展、高教大为扩张的90年代以后。

在马丁·特罗的高等教育大众化理论传入以前,中国一般是以每万人口中大学生数的多少来衡量高等教育发达程度的。1935年出版的《第一次中国教育年鉴》,载有1931年度中国高等教育与世界主要各国之比较表。1931年中国人口4亿7000多万,有大专以上在校生44167名,每万人口中之大学生数近1人,在世界各国中位居第19名(包括名次并列者在内,实际位居第27名),而排名第20(实际排名第28)的印度,1929年每万人口中仅有大学生0.3名,与中国还有很大的差距。排名第一的美国,1931年每万人口中的大学生数是73名,遥遥领先于世界各国。虽然当时中国已远远落后于发达国家,但在世界各国中排名还不算太后,每万人口中受高等教育的人数至少比印度高出许多。而今,印度的高等教育已先期进入大众化阶段。中国却因受日本侵华战争和其他各种因素的影响,适龄人口中受高等教育的比例反而低于印度。在世界高等教育大众化的潮流中,当今中国必然要奋起直追,尽快进入高等教育大众化阶段。

中国是一个人口大国,适龄人口基数很大,且城乡差别巨大,要达到高等教育毛入学率15%以上,不是一件很容易的事。已经步入高等教育大众化的国家的经验表明,高等教育量的扩张,主要不是依靠多办传统大学,而应走多种形式办学的道路。近年来,很多学者都在谈高等教育大众化问题。1998年8月,在烟台召开的自学考试学术研讨会上,我也曾应邀作了题为《自学考试是高等教育大众化的重要途径》的专题报告。不过,高教学界对大众化问题的研究还不够系统和深入。谢作栩同志《中国高等教育大众化发展道路的研究》一书从介绍和辨析高等教育大众化的概念与理论入手,在进行美、英、日、韩等国高等教育大众化发展道路比较研究的基础上,分析中国高等教育大众化发展历程与现实基础,探讨今后中国高等教育大众化发展道路的方向、体系结构、办学力量的构成与演变、规模扩张的速度和形态等方面的规律特征,以及实施对策。书中有不少内容颇具学术价值,如对马丁·特罗高等教育大众化理论的介绍和剖析,在中国是较为全面和深入者。谢作栩同志作为《国际高等教育研究》的主编,以往曾组织翻译过马丁·特罗有关大众化理论的经典论著在该刊发表。今年我在日本访问研究期间,发现日本教育学界对马丁·特罗的理论相当了解。当日本高教学会会长天野郁夫教授将他与喜多村和之合译的马丁·特罗的代表著作《高学历社会的大学》赠予我时,才知道该书在1976年已译成日文了。而我们中国高教学界真对其理论了解深入者是不多的,谢作栩此书的出版,相信对我们了解高等教育大众化理论的来龙去脉很有益处。作者用力甚勤,特别是书中大量数据的搜求和图表的制作,花了许多时间和心力,洵属难能可贵。在中国日益接近迈入高等教育大众化门槛的时候,此书的面世具有重要的理论价值和明显的现实意义。

即使到了高等教育大众化甚至普及化阶段,"大众大学"大为增加,处在高等学校金字塔顶端的"精英大学"永远还是少数,要想考入名牌大学一样需付出艰苦的努力,要想成为学术精英也必须作出比常人更为精深的研究。谢作栩博士一向潜心学问,虚心向学,作为同事,我在与其切磋琢磨之间也获益良多,这次忝列指导教师,协助潘懋元先生指导其完成博士学位论文,实乃互相学习的过程。今见其学位论文充实成书,可喜可贺,特草此文,聊以为序。

（本文为谢作栩著《中国高等教育大众化发展道路的研究》序,福建教育出版社 2001 年 7 月出版）

《中国高等医学院校教育制度改革研究》序

英国著名科学家和作家斯诺在 20 世纪 50 年代曾发表《两种文化》的演说和论文，论述了科学与人文两类学科及其知识分子之间的差异和隔阂。确实，文科与理科存在着相当大的差别，人文社会学科重在文字表达，自然科学重在实验和图表。当代社会科学越来越引入数学手段和实证方法，也日益重视采用图表的形式来表达观点和论据，但人文社会科学从根本上说还是取决于文字的力量。

人文社会科学研究与自然科学研究在方法上有一较大的不同，即研究自然科学虽然也需要打好基础，也需要一定的积累，但掌握了一些基本的知识、原理和定律以后，就可以较快地深入到学科发展的前沿，一般不必再去探究早已被证明是谬误的东西（如物理学中"永动机"之类）。而研究社会科学则不然，对以往被人们认为是谬误的理论和学说也往往需要知晓。唯物主义者的书架上从来不缺少唯心主义的东西。一些过去被认定为错误的思想和观点，有时在新的历史时期却变成正确了，有意义了；即使不一定正确，也能启发研究者的思维。因此，研究社会科学更需要积累，这也是人文社会科学研究者成名成家的年龄往往比自然科学家出成果时的年龄更大的原因之一。

自然科学主要是求真，人文社科注重求善和美。自然科学的结果往往是唯一的、是非分明的，社会科学的结果往往是多元的、辩证统一的。理科与文科教育方式不同，会形成不同的思维方式和表达习惯。要横跨两类不同学科进行学习和研究，需要转换思维方式和表述方法。而处于医学与教育结合点上的高等医学教育研究，便是一个贯通文理两类学科的研究领域，医学是一个非常专门的学科，教育学是一个相当宽泛的学科。医学可能是所有学科中最难精通的学科之一，所以学习年限最长。教育学则是一个易学难精的学科，似乎谁都可以研究，但真要达到较高的水准并不是一件容易的事。研究高等医学教育这一问题，具有相当的难度和挑战性。

人生在世，每个人都在一定的时候会与医学和教育发生关系，或多或少都有点了解。医学教育的好坏，其实直接间接与我们都有关系，因此，研究和改进医学教育,对所有人都有一定的意义。黄子杰博士考入厦门大学教育研究院以后,根据自身的学科基础和工作经验,选取我国高等医学院校教育制度改革为研究对象,在研究中国高等医学院校教育制度历史演变的基础上,对世界高等医学院校教育制度作了比较,对我国临床医学专业培养和服务方面的问题作了解析,最后对我国高等医学院校现行教育制度改革提出了对策建议。论文对高等医学教育与卫生保健服务的内在关联性、规范构建新的高等医学教育制度、严格界定不同学制医学毕业生的工作身份、将继续医学教育纳入高等医学教育体系等等问题,都提出了许多独到的见解。论文研究结果颇有价值,如指出无论高等教育处于精英、大众化或普及阶段,世界上多数国家和地区临床医师培养的主流方式是始终保持精英教育的品质。作者认为专升本应该转型为全科医学的在职培训,将五年制本科与硕士、博士研究生作为我国高等医学教育的主体等等,都有一定见地。

特别值得一提的是,文中提出的一些观点还有前瞻性。例如,作者应用法理学的基本概念,系统分析了患者的权益,认为应该尽快解决现行学制中有关临床实践的法律约束问题,以保证临床实习医生的合法性。论文在2009年6月通过答辩,2009年11月即发生了全国闻名的"北大医学院附属第一医院教授被实习医生治死案"。当时几乎所有媒体都报道了此事,说"医学教授惨死北大医院,放手实习医生独诊不合法",家属起诉说负责观察、诊疗、抢救北大教授熊卓为的3位主治医生都是没有行医资格的北大医学院的在校学生。其实,我国不少教学医院都存在着不具备执业资格的实习医生单独值班或者独立诊治病人的违规行为。关于这一问题及其解决策略,黄子杰在博士论文在《法理学的视角看实习医生问题》这一节中,已有相当全面的阐述。现在看来,其论述具有重大的现实意义。如今这本博士论文修改成书,即将出版,自然有其特别的价值。

大医精诚,大学无涯。只有德艺双馨,才能达到大医的境界。而学海茫茫,只有自强不息,才能做出大学问。子杰博士仕学相兼,能完成跨学科研究的博士学位论文已难能可贵,出版此书亦属可喜可贺,是故乐以为序。

(本文为黄子杰著《中国高等医学院校教育制度改革研究》序,福建科学技术出版社2010年4月出版)

《转型与建构——日本高等教育
近代化研究》序

文化交流是一个双向传播与交流的过程,但在同一时期,往往呈单一的流向。文化相对落后的国家在发展过程中模仿别国的榜样是一种普遍的必然的现象,人类文明的传播总是从先进国家传入落后国家,就像水往低处流,或像物理学上浓度高的液体必然向浓度低的液体渗透一样,文化教育的传播遵循的也是同一个方向和原理。在古代,中国文化是日本文化的主要模仿对象,从派出遣唐使、效法中国的律令制度,到借鉴汉字创立日文的平假名和片假名,以及模仿唐土的服饰习俗等等,日本在许多方面都深受中国文化的影响。

古语说:"礼失而求诸野。"历史上中原板荡,削铁如泥,在历经战乱、血流成河之后,山川变色,陵壑易位,有些中华文化在中原地区或本土遭到破坏、中断或出现变异,正是传到域外或边陲才得以保存下来。例如日本流传下来的雅乐和一些古代名物,韩国、越南现存的书院、孔庙等,反而比中国保存得更为完整。云南丽江地区纳西族保存的唐宋古乐"洞经古乐"在汉族地区早已失传,闽南一带的"南音"亦为古代华夏音乐的现代遗存,福建、广东许多地区的方言成为唐宋古音的活化石。

在古代东亚,日本、韩国(朝鲜)、越南与中国一起构成了汉字文化圈。但是到现代,韩国、越南已脱离了汉字的世界,唯有日本还坚持使用汉字作为文字的主干,尤其是人名和地名,基本上都是汉字。与到其他国度不同,一个完全不懂日语的中国人到日本后,对日文连认带猜,还基本上可以生活。即使是日语的发音,也有一些与汉语类似,尤其是保留了古汉语的一些发音。由于日语发音许多是受唐宋中国话的影响,而闽南话保留了许多唐宋时期的中原古音,因而日语中有不少发音与闽南话相同或相似的词语,例如从一到十的数字中,日语就有五个数字发音与闽南话相同或接近,"世界"二字的发音与普通话相差颇大,但却与闽南话的发音大体相同。

169

历史是一条流动不息的长河,在北方少数民族不断入主中原,取代汉族的正统地位之后,时过境迁,当代人想从中华文明的发源地去追寻古代文化,通常只能通过考古发掘,而如欲在那里寻找某些古老语言和服饰遗存等,则有如"遗剑中流,刻舟求之",往往令人大失所望。要想发现一些古代文化的活化石,还得将视界放宽到域外。从中华文化的命运来说,幸好有些文化基因由于传到海外或边陲而得以保存下来,使我们今天能够窥见这些古代文化的原始风貌,使我们在观察中国或大陆现今的文化时有一些宝贵的参照系,得以重新反思和再造中华文明。

到了近代,日本成为中国的一个重要参照国。清末以来,总体而言,中国文化受日本文化的影响要远远大于中国文化对日本文化的影响。在文化落差颇大的情况下,模仿日本成为一种合理的反向历史流动。19世纪末,中国不得不向日本学习,这与7至10世纪日本向中国学习类似。例如,中国许多现代词汇都是从日语中转借而来,也是日本文化反哺中国的一个方面。

日本学界向来有重视研究中国的传统,日本的文学界、哲学界都有许多学者长期研究中国文学和哲学,更不用说日本东洋史学界了。2006年12月,我应三浦秀一教授的邀请,到日本东北大学参加"第三次应用科举史学讨论会",并作主题报告。会间听一些日本学者用日语作论文报告,尽管有的日本学者不会讲汉语,但从论文内容看得出作者对中国明代科举史的研究非常细致深入,不禁感触良多。日本对中国社会的方方面面都有很多研究,而中国过去对日本研究却很不够。作为中国最重要的邻邦,我们也需要对日本有全面深入的了解。所幸20世纪80年代以后,中国的日本研究蓬勃兴起,而中日之间近代化的差异,是学界讨论得相当热烈的一个话题。包括日本高等教育近代化的历程,也是一个很值得探讨的问题,因为近代中国高等教育制度,在很大程度上是模仿近代日本高等教育的产物,或者说通过日本的桥梁,学习西方的高等教育制度,这从一个侧面体现出中日文化教育的交流、激荡和互动。

博士生培养应该因材施教,扬长补短。吴光辉学日语出身,并长期在厦门大学外文系从事日语教学。考上我的博士生之后,根据其原有的学科基础和专长,选择"日本高等教育近代化研究"作为学位论文题目。他过去曾在京都大学留学多年,治学颇有日本京都学派之风,尊师重道,严谨求实。

由于日文功底甚深,注重史料功夫,勤于收集和利用大量第一手资料,因此其研究能够比一般中国学者更为深入一些,且多发新见。作者认为日本高等教育近代化的基本模式可以表述为:思想是根本前提、制度是基本标志、机构是外在表现、课程是内在基准。中国不可盲从与依附他国模式,更不可迷失自身的主体性,要以继承传统文化精髓为立身的动力,以借鉴他山之玉为超越的契机,开拓创新,走出一条具有中国特色的高等教育发展道路。该文对日本高等教育近代化的历程、经验和教训,都作了系统的梳理,是一本内容丰富、言之有物的佳作。现今修改成书,即将付梓,嘱我作序。迁延多日,终于草此短引,以资勉励。

孟子云:"有恒产者有恒心,无恒产者无恒心。"这句话现在成为经济界的名言。我以为,做学问也与此类似,要有自己的看家本领,即根本的专长。有了自己的学术特区和自留地,就能产生定力,乐此不疲,持之以恒地在其中耕耘,终将修成正果。愿光辉博士在今后的学术征途中,守望基业,日益精进,取得光辉的业绩。

（本文为吴光辉著《转型与建构——日本高等教育近代化研究》序,世界知识出版社 2007 年 12 月出版）

《高校自主招生与高考改革》序

在学术园林中,有的专题只能研究一阵子,有的专题却能研究一辈子。

作为典型的高竞争、高利害、高风险的大规模选拔性考试,高考是中国各类考试中最重要、影响最大的考试,也是上至高层领导人、下至基层老百姓都关心的大事。高考改革是一个敏感而重大的问题,一有风吹草动,都会引发激烈的讨论,就会在门户网站的首页看到相关新闻。其实,自 1977 年恢复高考以来,30 多年间,高考一直是社会关注的热点,每逢考试录取季节,还会成为人们关注的焦点。

当今高考改革已成为一个重大民生议题,是一个关系我国教育改革全局的关键问题,有时甚至成为教育改革的头等大事,抓好了高考改革,就像抓住了教育改革的"牛鼻子"。高考改革被全社会寄予高度的期望,但改革又具有巨大的难度,可谓任重而道远。招生考试制度改革如此重要,以至《国家教育中长期改革和发展规划纲要》须专列一章来论述,以至要成立专门的国家教育考试指导委员会来作决策。高校招生考试涉及教育中根本性和长期性的问题,需要进行长期的研究。

中国的高考制度是传统文化遗传和现实社会环境的产物,现行高考制度有其产生的必然性和存在的合理性。高考改革不能脱离中国的历史文化传统和当代的社会现实,而必须植根于中国社会的深厚土壤。只有如此,我们提出的高考改革理论和方案才不会脱离实践,才不至于流于空谈。

有什么样的文化,就有什么样的招生考试制度;有什么样的社会环境,就有什么样的招生考试方式;有什么样的国民,就有什么样的招生考试模式。如果美国的文化跟中国的文化差不多,如果美国社会都是由类似于"虎妈"蔡美儿那样望子成龙望女成凤的华人组成,那么很可能美国的高校招生考试也会演变成跟中国的高考类似的制度。考试技术有先进和落后之分,但高校招考制度很难说有先进和落后之分。世界是多元的,文化本身也是多元的。1993 年,美国学者在研究各国高中毕业的考试制度后便指出:考试制度与各国国家教育制度及社会情况紧密结合,有些国家的考试制度具有高度持久性,而且不易改变;有些国家的考试制度则正在经历实质,甚至快速的改制。此外,改变的方向各国也不同。

高考改革应该考虑中国的国情,包括教育与社会制度、社会发展阶段,以及民众的认可程度。一些在西方部分国家能够顺利实行的招考制度,照搬到中国就不一定行得通。在中国的国情下,目前还没有一种推荐或人才选拔制度可以取代高考。我认为,不研究高考的人很可能成为高考改革的激进派,研究高考的人很可能成为高考改革的稳健派。高考不改革不行,改革急于求成也不行。在目前的社会和文化环境下,高考改革应稳中求进。所谓稳中求进,并非不思进取,无所作为,而是指改革高考这样重要的制度,应该在全面研究和长远规划的基础上渐进地推行。

与铺天盖地的关于高考的新闻和议论相比,对高考的理论研究还很不够;与举足轻重的高考的重要性相比,对高考的制度研究还很不相称;与数量巨大的其他高等教育问题研究的著作相比,高考研究的著作还相当的少。在中国教育理论界,厦门大学考试研究中心是最集中研究高考的机构。作为该中心副主任,亚群教授长期从事考试历史与理论研究,对高考改革发表过系列论文,提出不少新见解,其中有多篇论文被《新华文摘》转摘和人大复印资料转载,并体现本研究团队史论结合和稳健派的特点。尤其在高校自主招生研究方面,他较早发表过多篇有分量有影响的论文。如今,亚群要将其代表性的论文结集出版,相信整体大于局部之和,不仅可以对自己的高考研究脉络作系统的梳理,而且可以在回顾研究历程的同时思考未来的方向。

明末学者张尔岐在《辨志》一文中说:"人之生也,未始有异也,而卒至于大异者,习为之也。人之有习,初不知其何以异也,而遂至于日异者,志为之也。志异而习以异,习异而人以异。志也者,学术之枢机,适善适恶之辕楫也。枢机正,则莫不正矣;枢机不正,亦莫之或正矣。适燕者北其辕,虽未至燕,必不误入越矣;适越者南其楫,虽未至越,必不误入燕矣。呜呼!人之于志,可不慎与!"张尔岐深刻地阐述了一个人因志向不同导致结果不同的道理。走对了学术道路,选准了发展的大方向,即使起步稍迟,亦必有所成就。因此,有志之人立常志,无志之人常立志,良有以也。

亚群乃善于做学问之人,这本《高校自主招生与高考改革》的出版,不仅将进一步奠定其学术发展的基石,也会促进全国高考研究的深入。既为可喜之事,以其雅属,故不辞而为之序。

(本文为张亚群著《高校自主招生与高考改革》序,中国社会科学出版社2012年7月出版)

在"普通高等学校招生考试改革高层论坛"上(2005年11月)

《高考红绿灯:高招办主任札记》序

英国学者罗伯特·蒙哥马利在《考试的新探索》一书中指出:英国是一个热衷于考试的国家,考试的影响在英国是如此深远,以致只有历史学家的探索才有助于弄清楚这个复杂的问题,"考试已经这样稳固地站定了脚跟,要废除它似乎比取消篝火节和圣诞节更无可能"。

其实,作为发明考试的国度,在中国,考试的地位和影响比英国有过之而无不及。自古以来,考试在中国读书人的社会生活中便具有举足轻重的地位。古代的科举是如此,现代的高考也是如此。高考是当代中国每年出现一次的举国大考,是一种盛大的社会活动和重大的民生议题。高考不仅是一种考试,它一头连着教育,一头连着社会,与千百万民众利害相关,因为高考实际上关系到每个人选择职业和未来生活的方式。对中国人来说,高考是一个永远不会过时的热点话题。

作为关系到千家万户切身利益的大事,高考是高竞争、高利害、高风险的大规模选拔性考试,受到社会各方面的广泛关注,每到考试和录取季节,更是成为焦点话题。只要有一个考生出现状况,特别是发生意外情况,立即会成为新闻。因此,高考的组织者和管理者往往戒慎恐惧,如履薄冰,力求不出事。可想而知,要领导好一个省的高考工作,是一件不容易的事。

1977年恢复高考的时候,福建省有129453人报名参加高考,录取数是8895,录取率是6.9%;到了2008年,全省考生数为326873人,录取数达201328,录取率是61.59%。30年后,录取率几乎翻了10倍,与我1977年考大学时不可同日而语。30多年来,除了与全国大部分省、市、区相同的高考改革以外,福建的高考改革还有不少值得一提的地方,如1997年建立标准分数制度,是较早通过国家普通高校招生标准化考试质量评审的省份之一。虽然后来根据社会各方面的要求,于2001停止使用,恢复原始分,但作为为数不多的建立标准分数制度的省份,其改革尝试还是值得肯定。2001年,福建省普通高校招生全面实行远程网上录取,成为全国率先全面实现远程网上录取的两个省份之一（另一个省份是内蒙古自治区）。2002年，又在全国最早对普通高校招生来源计划实行网上管理。2004年，福建省又是率先实行自行负责高考命题的11个省（市）之一。这都说明福建省属于较有实力进行高考改革的省份。

尤其是2006年高考期间，全省突遇强降水，各地普遍发生洪涝灾害，建瓯考区4681名考生因不可抗力的特大洪水造成重大自然灾害，经教育部批准后延期至6月13日、14日再举行高考。建瓯考区因灾延期考试，这是中国高考史上的首例，上至国务院总理，下至省、市、县各级领导都高度重视，各级招委会主任和招生办主任也史无前例地集中考区现场办公。经过各方面共同努力，6月13日至14日，建瓯考区使用"B卷"顺利完成了因灾延期的高考。近年来福建省的高考改革，林其天主任作为主管部门的负责人，都积极谋划，运筹期间，对福建生的高校招生考试事业作出了重要的贡献。

考试是中国的一大发明，是许多中国人既爱又恨的一种社会活动。在当代中国，一个人从小到大，不知道要经过大大小小多少次考试，有的人几乎可以说是活到老，考到老，所以在中国有"吃喝拉撒睡，生老病死考"的说法，考试与人们似乎是如影随形。有考试，说明有机会，而且往往是发展和上升的机会。一个与世无争的人也许不需参加很多考试。但即使是一个出家人，若想做到住持的境界，也要熟记许多经书，也要经历不同的考试或类似于考试的考核。无论你是喜欢也好，不喜欢也好，反正有的考试是你必经的关口，而高考往往是人生经历的各种考试中的最重要的一次。面对这么重要的高考，如何积极准备，如何避免失误，如何科学地填报志愿，家长应该如何以平常心来关爱子女，是许多人关心的事情。林其天主任长期在福建省招生部门工作，具有丰富的掌管高考的经验，耳闻目睹众多高考故事。他将这些见闻一一写出，生动具体，有的引人深思，有的给人启迪。本书不是以学术语言，而是以许多案例来叙述，为广大考生和家长了解高考提供一本生动而实用的参考书，不仅可读性强，而且阅读之后可以获得有益的启示。作为高考研究者，乐见本书的出版，是故乐以为序。

（本文为林其天著《高考红绿灯：高招办主任札记》序，厦门大学出版社，2009年4月出版）

《科举、高考与社会之关系研究》序

中国曾经是一个科举社会，现在则是一个考试社会。

科举社会是指科举在政治生活和社会结构中占有重要的地位、科举的影响无所不在的社会，也可以说是指教育和文化活动都以科举为中心、以科举为取向的社会。本来魏晋南北朝时期是一种门第社会，自从隋唐实行科举考试制度以后，到宋代逐渐演变为一种科第社会，人们的社会身份和地位的高低不再以血统和出身为划分，而代之以是否考中科名并以科第的高低为依据。中国的科举社会曾存在了上千年，1905 年废止科举，标志着科举社会的终结。

然而，科举被废，并不意味着考试可以长期被废。考试选才还以各种形式存在于中国社会。中国做事向来讲人情、关系和面子，为了制衡讲究人情关系的消极影响，解脱人情困境，防止人情和关系泛滥，古往今来都需以考试作为社会生活的调节阀。尤其在提倡公平竞争的时代，各行各业还越来越多地采用考试手段来测量、评价人才，因此现代中国又逐渐走向一个考试社会。考试社会是指重视考试、考试种类繁多无所不在、考试在社会生活中占有十分重要的地位的社会，或者说是考试影响举足轻重、从选才到评价都十分倚重考试的社会。在考试社会中，人们与考试具有非常密切的关系，一个人一生中要经过大大小小许多次考试。而一些重要的考试，尤其是选拔性考试，往往是向上提升的阶梯或跳板。通过考试的人，有可能实现社会流动，主要是社会阶层流动。

科举造成较大的社会流动究竟是事实还是错误印象，历来存在不同看法，中外学术界曾作过大量的研究，形成了科举学中的一大热点和公案。美国学者对科举与社会流动问题的研究尤为热心，甚至认为近数十年来，科举是否促成了充分的社会流动是科举研究的重心。

在传统社会，科举是平民百姓的出头天。如果说贡院犹如考试地狱的话，那也是通向古代人间天堂的考试地狱。在前科举时代，寒士几乎没有出头的机会。西晋时著名文学家左思的《咏史》诗云:"郁郁涧底松,离离山上苗,以彼径寸茎,荫此百尺条。世胄摄高位,英俊沉下僚。地势使之然,由来非一朝。"这形象地反映了魏晋南北朝时期"上品无寒门,下品无势族"的社会情况。而到科举时代,则有"朝为田舍郎,暮登天子堂","榜上名扬,蓬门增色"等说法,这不仅是统治者对读书人的利诱和鞭策,也是当时科举造成社会阶层流动的历史的真实写照。"山瘦栽松柏,家贫子读书"的格言,"家贫、亲老,不能不望科举"的说法,反映的都是科举时代贫民子弟通过科举改变命运的期盼与史实,也典型地反映出陷入贫穷状态的书生指望靠科举实现社会流动的心理和希冀。不管科举造成的社会阶层流动到底有多大,有一部分社会下层的人通过科举考试跻身社会上层总是不争的事实。"范进中举"的故事,确实生动地描写了科举时代某些文人的可笑之处,但很少人意识到它同时也反映出"中举效应"的积极方面,即通过科举可能出人头地,可以改变自己和家人的命运,走出社会底层。

考试制度的好处有不少,其中之一是求自己而不求他人。采用其他选才方式往往需求人,而求人最难,要看别人脸色,且成功与否操决于他人;考试则提供一个反求诸己的机会,能否成功主要靠自己的努力,因此考试选才制度能够促人向学、催人奋进。在中国这样一个重视人情与关系的社会,靠个人奋斗有可能改变命运跻身主流社会的途径并不多,古代科举和现代高考便是难得的少数可能使人苦读出头的途径和制度。对于这样重要的制度,中外学术界作了许多研究,尤其是对科举与社会流动的关系,更有大量的实证研究成果。但是,相对于问题的重要性和资料的丰富性而言,可供研究的空间还十分广大。只是要在前人的基础上继续深入,有相当的难度。

厦门大学教育研究院长期以来将考试研究作为主要研究方向之一,尤其是成立厦门大学考试研究中心之后,更是全方位地研究考试制度和科举学,许多博士和硕士学位论文都以科举或高考研究为选题。郑若玲博士在潘懋元先生和本人的指导下,在多年研究考试制度的基础上,选取"科举、高考与社会的关系"为研究专题,既有重要的理论价值,又有明显的现实意义。只是要完成这一任务,殊为不易。例如,面对 420 册《清代朱卷集成》中的 8000 多名科举人物的五代家世进行统计分析,就是一项非常艰巨的任务。作者不畏艰险,甘坐冷板凳,终于将其统计清楚,并作了深入的分析,这大概是全文最主要的学术贡献之一。当然,文中对厦门大学学生家庭阶层的调查、对考试公平的理论、考试与社会的关系的分析也很有价值。为此,2006年博士论文答辩之时,该论文获得了十余年来本单位继李兵博士之后第二位全优的评价,这在近百位博士毕业生中,诚属凤毛麟角。

学问有大小之分,论文也有大小之分。小论文或普通的论文从内容到篇幅都很一般,而文科的大论文则属于大块文章,往往研究论题、过程投入、文本篇幅都较宏大,有的还体现一种大智慧、大气魄。如果由大论文作为部件构成的著作,自然是大著作。当然,论著的价值主要不在其篇幅,而在于其学术含量和研究难度。要有所创新,非得多看第一手资料不可,至少是同行中第一次引用的资料。不一定都要古籍资料,例如,若在考试研究界或科举学界第一次引用社会学、政治学界的相关理论,第一次引用直接从外文论著中翻译过来的科举或考试方面的资料,也属有价值的内容。若玲博士颇有灵气,且中英文俱佳,在考试研究方面已初有建树,又有本书为升华之阶,若持之以恒,当抵大成。

治学应怀有"三心二意",即专心、恒心、信心和坚强的意志、创新的意识。学问之道无他,能达此三心二意之境,足矣。

（本文为郑若玲著《科举、高考与社会之关系研究》序,华中师范大学出版社 2007 年 7 月出版）

《科举革废与近代中国高等教育的转型》序

科举者,千古之制度也。

历史的长河不息地奔腾,涛飞浪卷,汹涌澎湃,挟千年风云,淘万古泥沙,从遥远的汉唐,迅速进入 20 世纪。在曲折的历史进程中,有峡谷,有平川,而在西学东渐的大潮中,有如惊涛拍岸,卷起千堆雪,中国社会面临"数千年未有之大变局",整个中国的政治、经济、文化都遇到了空前难于应付的强有力的挑战,面临着生存的危机。科举制这艘自汉代开始建造的航船,从隋代起锚扬帆后,历经云诡波谲的唐代河段、波涛起伏的宋代流域、跌宕汹涌的元代河谷,进入波澜不惊的明清水域,经过 500 余年平稳航行之后,整艘船的复杂精细的结构和部件已经变得老化失灵,行驶至清末,船破恰遇顶头风,在强劲的欧风美雨和坚船利炮的冲击之下,已是摇摇欲坠。科举制在 20 世纪初虽也作过一些改革挽救措施,但就像木制帆船再大再好也终有腐朽的时候,在蒸汽机船时代只能落得被淘汰的命运,更新部件已来不及,终于无法阻止其最后沉没,这一具有上千年历史的古老制度终于千古。

美国学者吉尔伯特·罗兹曼认为,科举制在中国传统社会结构中居于中心的地位,是维系儒家意识形态和儒家价值体系的正统地位的根本手段。科举制在 1905 年废止,从而使这一年成为新旧中国的分水岭;它标志着一个时代的结束和另一个时代的开始,其划时代的重要性甚至超过辛亥革命;就其现实的和象征性的意义而言,科举革废代表着中国已与过去一刀两断,这种转折大致相当于 1861 年沙俄废奴和 1868 年日本明治维新后不久的废藩。(见兹曼主编《中国的现代化》,江苏人民出版社 1988 年中译本,第 335、635 页。)的确,废科举不仅是一次教育革命,而且是一场政治革命,并引起了广泛而深刻的社会变迁。

科举制废止之后,长期在华的传教士林乐知在《万国公报》发表《中国教育之前途》一文说:"停废科举一事,直取汉唐以后腐败全国之根株,而一朝断绝之,其影响之大,于将来中国前途当有可惊可骇之奇效。"林乐知是从废科举的积极方面去预见其深远影响的,随后不久他便于 1907 年 5 月去世。中国社会和文化教育在废科举后确实发生了可惊的变化,出现了快速的发展,但林乐知大概也没有预料到废科举带来传统社会礼崩乐坏秩序瓦解,其消极影响相当"可骇",其积极影响则相当"可惊"。由于废科举是中国历史上的重大事件,其影响十分深远,因此海内外学术界从许多不同的侧面展开研究,成果层出不穷,已成为"科举学"的主要热点之一。

就废科举对教育方面的影响而言,更是直接而重大。由于外来因素的介入,中国高等教育在清末经历了脱胎换骨的转型,在从古代向近代高等教育的转变过程的诸多环节中,废止科举是一个关键环节。从此,学堂的兴办走上了快车道,学堂数量猛增,学堂地位上升,学制迅速推广,留学教育勃兴,书院真正式微,学部随之设立。高等教育从培养目标、课程结构到行政管理体制等许多方面都发生了变化。对身处高教研究机构的人而言,将科举与高等教育联系起来研究,《科举革废与中国高等教育近代化》是一个难得的题目。我于 1984 年硕士毕业后来厦门大学高教所任教后不久,就曾考虑过这一专题的研究,只是一直心有余而时不足,自己始终无法将此想法付诸实践。1997 年,张亚群考为我独立指导的第一位博士生,根据他从历史学出身且有较好的文化素养的情况,我便指导他将此作为博士学位论文选题。经过刻苦的努力,他于 2000 年 7 月完成了论文的写作,随后通过了答辩,并受到论文审阅专家与答辩委员会的好评。全文严谨扎实,多有新见。《东南学术》2001 年第 6 期还刊出了他的"博士论文答辩录",将其论文评阅意见和答辩情况公之于众。后来,该选题又列入全国教育科学"十五"规划教育部重点课题,在原有基础上进一步深入,如今,该文经过四年的修改补充,终于写成《科举革废与近代中国高等教育的转型》一书,又比原论文充实许多,达到了较高的学术水平。

《大学》首章说:"定而后能静,静而后能安,安而后能虑,虑而后能得。"气定神凝,去除浮躁,才能潜心学问;博学慎思,千虑一得,方能产出精品。具有良好的治学态度是对从事学术研究的人的基本要求,也是人文社会科学能否出重要成果的主要因素之一。研究中国教育史须下苦功夫,要想有所得,免不了坐冷板凳,来不得半点"空手道"。张亚群博士书生性情,治学认真,搜寻资料有一股牛劲,考证工夫十分细致,这从本书的内容和引证中

181

可以清楚地看出来。以此态度和成果为基础,厚积薄发,宽严相济,相信能够更上层楼。子曰:"德不孤,必有邻。"博士弟子亚群,于今成为我之同仁,岂非"可与共学"者哉?

是为序。

(本文为张亚群著《科举革废与近代中国高等教育的转型》序,华中师范大学出版社 2005 年 3 月出版)

刘海峰应邀到普林斯顿大学东方学系作有关科举学的演讲(2012 年 11 月)

《二十世纪科举观之变迁》序

　　英国著名历史学家卡尔在《历史是什么》一书中曾指出：历史"是今天的社会跟昨天的社会之间的对话。……只有借助于现在，我们才能理解过去；也只有借助于过去，我们才能充分理解现在。使人理解过去的社会，使人增加掌握现在社会的能力，这就是历史的双重作用"。由于历史常常会出现惊人的相似之处，因而鉴古可以知今、鉴往可以知来。另一方面，与"鉴古知今"相对应的还有一个"知今通古"、思来知往的问题。

　　博古有利于通今，知今也有利于通古，了解现实考试也有助于理解和通晓古代的一些制度和史实。历史与现实是贯通互动的，科举学研究中也存在着古今互通的问题。关注现实考试改革，了解各种考试活动的实际过程，必然有利于我们理解科举史上的一些制度、思想和活动，看待历史问题就会更深入一些，也更容易找准科举学研究的方向和目标，使之获得更大的动力和活力。对现实的考试活动了解不多，就不易理解历史科举制度的发展与演变。虽然时代在变，社会在变，但基本的人性和心理却没有根本的改变，因此现在人们品《三国》、讲《论语》，还能引起大众的共鸣。考试制度与活动也是这样，了解当今的考试往往能以一定的方式更为直接地帮助我们了解科举。

　　研究历史既要沉潜学问，也应要有现实关怀。所谓现实关怀，就是要有了解现代社会的意识，要有关注现实的情怀。一般来说，"通于古者窒于今，长于论者短于用"。研究者潜心静气埋首于过往的世界，相对地也就不可能花多少心思去探究今天的社会，有时便会出现"窒于今"的情况。实际上，一个人越了解现实社会的一些问题，也就越容易认识历史上相似问题的真相，在一定意义上，古与今是互补为用的。沉潜学问与关注现实两者的关系应辩证地看待，如果纯粹从时间上来看，关注现实必然会部分占用原本可以用来进行历史研究的时间，但若从研究的深度和视界的开阔来看，关注现实最终不一定会影响历史研究成果的产出。因为过去的已成为历史，但历史并没有完全过去,历史上出现过的一些事物常常延伸和潜藏于现实之中。"科举"虽已凝固为"过去",但它却是遗传在民族文化传统上的一个重要元素,而且这一元素又与现实社会紧密相连。我在治科举学的过程中,深感关注现实考试改革中出现的一些争论和问题,能使自己对科举制有更深入的理解,因而可以较为全面地看待科举。

例如,现代大学入学考试长久实行后所衍生的问题,对我们认识科举时代的一些现象大有裨益。当代高考中出偏题怪题的问题,与八股文后来走向穷途末路如出一辙。在科举考试以重要正大问题来考选真才与维持试题难度以便区分录取之间,存在着一对两难问题。从理论上说,最好是用一些与国计民生密切相关的重大问题或经书中的重要道理来设问,可以更好地选拔有用之才。可从命题的实际运作来看,考试制度实行较长时期后,几乎是必然要出偏题甚至怪题,不如此则不足以防止猜题和押题,也无法拉开距离从众多考生中挑选优秀者。明清两代八股文命题和作文从明白正大走向险僻偏难也体现了命题作文的内在演变趋势,为了避免重复命题,八股文从"纯正典雅"、"清真雅正"日渐滑向奇僻诡怪,以致后来截搭题的大量出现,都是为了防止被考生猜题押中而采用的应对措施。在竞争激烈的选拔性考试中,为了保持区分度和难度,考官往往不按常规命题以扩大命题的范围,考生则迎合新内容和题型想出新对策,于是便会出现水涨船高、层层加码的试题趋难现象。这些都是大规模选拔性教育考试所存在的共同特征。多数情况下,其实并不是考官要故意刁难考生。与此相关,宋代和清代科场,最初都规定命题不得重出,后来解除了这一限制。整个明代和清初科举,原先只考一经,后来发展到五经全考,其中一个主要原因也是为了维持考试的难度和区分度。仅此一例,便可见了解现实考试中出现的问题,对我们理解科举史上一些现象很有助益。

另一方面,多年来,中国人对科举制的态度也往往深受现实的制约,从对科举不遗余力的批判到主张对科举制平反,从一般的科举研究到"科举学"的构建,皆与时事、社会背景的变迁密切相关。1905年以来,占支配地位的对科举制的评价意见,主要不是根据科举制的全貌,也常常不是来自学术本身,而是受制于清末人士单一的科举批判观,并源于对中国考试选才的现实利弊的观察与判断。一百年来,人们据以评论科举制的语境发生了多次变化,从废科举后的反科举语境到二三十年代的重建文官考试制度语境,从六七十年代的批判高考语境到 80 年代的恢复高考和重建公务员考试制度语境,再到 90 年代的批判"应试教育"和反思传统文化语境,大体可以看作评价科举制的语境变迁史。语境不同,科举制在评价者心目中的面貌也有所变化。20 世纪中国人对科举的评价总体上逐渐从片面走向公允与时代的发展变化有关。21 世纪初叶,中国对科举制的评价仍将处在现实考试所呈现出的积极作用和消极后果的影响之下。

科举学不仅关注科举史研究,而且关注科举研究本身学术史的回顾。古代科举学史很值得深入研究,而丰富多彩、内涵深厚的 20 世纪中国科举研究史也值得加以总结。博士弟子陈兴德为西南师范大学教育史专业出身,教育理论功底扎实,努力向学,根据他的知识结构,因材施教,让他选择《二十世纪科举观之变迁》作为博士论文题目。由于 20 世纪有关科举的言论和评价五花八门,不易驾驭,兴德博士写作史论结合,尽力而为,多有可观。本书可以说是 20 世纪科举评价史,接近于 20 世纪中国的科举学史,但又不等同于科举学史。只是本书从教育学角度论述居多,从政治学、社会学、文学角度考察还有待深入。然喜其能述百年科举评价之起伏,以为未来科举研究之参考,且本书的出版为科举学"大厦"添砖加瓦,将使科举学丛书继续壮大,故乐为志数语,作序卷首。

（本文为陈兴德著《二十世纪科举观之变迁》序,华中师范大学出版社 2008 年 11 月出版）

《泉州古代书院》序

　　书院是一种离我们既远又近的文化遗存。作为制度形态的书院,已经随传统社会永远消逝,离我们越来越远;作为建筑形态的书院,则在东亚世界还有广泛的存在,不少地方都还能见到一些书院旧址。在福建泉州,也有一些书院遗址保存下来,虽然不多,但却可看出古代泉州是书院繁盛之地。

　　历史上的泉州辖域广大,包括了今天泉州市各区县和厦门、同安、金门等县市,是朱熹过化之地和英才辈出之乡。书院之名,始于唐玄宗时的丽正修书院和集贤书院。当时的集贤书院已有教学活动,但真正作为后世书院起源的书院,则始于唐后期兴起的私人读书。中唐以后,有许多准备报考进士科的士子隐居山林,潜心读书。在唐代举子读书山林风尚中,泉州的欧阳詹隐居读书也是典型事例之一。唐德宗贞元八年(公元 792 年)考中进士的晋江人欧阳詹,就曾隐居晋江的山寺读书备考。同年与欧阳詹一同考中"龙虎榜"进士的有韩愈等著名人士,欧阳詹成为唐代福建最出名的人士。南宋时朱熹考上进士后,起家官为同安县主簿,兼管同安(包括今厦门、金门)的教育事务。他先后在泉州不少地方讲学,对泉州书院的发展起过重要的推动作用。因此,欧阳詹和朱熹成为明清时期泉州许多书院的主要祭祀人物。作为儒家文明的产物,书院又是理学的发源地和大本营。泉州的书院积极传播和维护理学的主要流派之一朱子学(闽学),是福建教育史上重要的一页。宋明时期泉州科甲鼎盛,也与泉州书院的繁荣具有密切的关系。

　　科举与书院在中国教育史、文化史上占有独特的地位,是中国文化史上的两个重要方面,有关科举和书院的研究成果已蔚为大观,以至于逐渐形成了"科举学"和"书院学"。不过,以往的书院研究较集中于全国书院的总体研究,区域性或地方性的书院研究也有,但有关福建书院研究的专著还是空白。历史上福建也是书院较多且影响较大的省份之一,很值得加以发掘整理。现在,陈笃彬院长、苏黎明教授合作写出一大本《泉州古代书院》,确实难能可贵。作者充分利用泉州各种地方志中有关书院的记载,以及南安《诗山书院志》等宝贵资料,论述泉州书院的起源,并对宋元明清各代泉州书院的发展进行了考述。该书还对泉州书院的组织制度与教学活动、泉州书院的影响与启示等作了概括性的研究,对书院与科举的关系也有较多的辨析。

地方志的记载往往互有矛盾,如不详细考证,就很可能出现误解。例如,我在《福建教育史》一书古代部分的论述基本上都直接依据《八闽通志》等史书的原始资料,偶尔在元代福建新建书院一览表中引用了他人的记述,但恰恰就在此出了问题。《泉州古代书院》认为元代同安并没有创建一所文公书院,新建的大同书院就是南宋时的文公书院。这一辨析是有道理的。一斑全豹,可见《泉州古代书院》的研究相当深入细致。相信该书的出版必定会推动福建教育史和文化史的深入,也会促使福建其他地区书院史和科举史研究的进展。

泉州是一个物阜民丰、人文荟萃的奥区,是一个具有深厚文化底蕴的滨海之乡。该地民风具有尚勇孔武的特性和面向海洋的开拓性,因此清代以后移居台湾和南洋的民众特别多;同时,泉州民风也有文质彬彬、向慕教育的一面,这在近代以来特别盛行捐资助学的风气中显露无遗。《泉州古代书院》一书,为我们了解该地向学重文的传统提供了十分具体和生动的例证,也为当今发展泉州的教育事业提供了很有价值的历史参考。作为教育史研究者和祖籍泉州(泉港区峰尾镇)的乡人,阅读《泉州古代书院》甚感亲切。祈愿乡邦教育发达,人文聿兴。是为序。

（本文为陈笃彬、苏黎明著《泉州古代书院》序,齐鲁书社 2003 年 8 月出版;后刊《泉州青年》2003 年 9 月 28 日）

《泉州古代科举》序

科举,已是一种离我们越来越遥远的古代考试制度。然而,科举逝去百年之后,中国人对它却并不感到陌生,中国古代的各种制度很少有像科举这样至今还为一般中国人所知晓的。

不过,科举给人们留下的印象却颇为异样和复杂。一提起科举,广大青少年便会想起中学课本中学过的《范进中举》一文,想起那科举制度下可怜的读书人和考中后令人喜极而疯的戏剧性情节,认为科举是一种压抑摧残人才的腐朽制度。而乡间老百姓从传统戏剧和民间故事中,虽也知道《秦香莲》中忘恩负义的状元郎陈世美,但对古时候"私定终身后花园,落难公子中状元"之类的才子佳人故事印象却并不坏,一个落魄书生穷小子,通过发愤苦读而出人头地,就可能金榜题名后衣锦还乡,娶到所爱,或者甚至考中状元招为驸马,确实令人扬眉吐气。在他们看来,科举是一种可以让人经过奋斗而改变命运的东西,且乡里族谱上祖上出过举人和进士也是一种光荣,谈不上有什么不好。

作为中国传统社会后期人文教育活动的首要内容,科举与古代读书人的命运息息相关。在中国历史上,可能再也找不出其他任何一种制度曾经如此深刻地影响知识分子的思维方式、人生前途和生活态度了。1300 年间,科举及第、金榜题名几乎成了所有读书人都梦寐以求的理想,很少有读书人完全不为科名所动所累、从未参加过科举考试的。因此,围绕科举的备考、赶考、待榜等等活动成为多数读书人经历过的科举生涯。而且,科举不单单是士阶层的大事,也是一个地方、一个家族的大事,到后来甚至演变成为一种几近全民动员的盛大活动,因而不仅与一地的政治、教育、文化、文风等有密切的关系,而且对民俗民风和社会心理等各方面都有深刻的影响。

泉州是一个文明古地,也是一个科第繁盛之乡。从唐代的欧阳詹开始,历代进士人物层出不穷。甚至在兵荒马乱的五代十国时期,泉州都还举办过独立的科举考试。据《宋史·漳泉留氏世家》载,南唐时清源节度使留从效在其统辖的范围内，"每岁取进士、明经，谓之秋堂"。虽然具体如何考取进士明经不知其详，但在一个不太大的辖区内独自举办科举考试是相当特别的。到了宋代，泉州与整个福建一样，进入一个科举的兴盛时代，人才辈出，这在本书中有详细的描述。

元代泉州科举中落，我在为老家《圭峰文化研究》第4辑所作的序文中，曾提到元代福建实有可考姓名的进士仅36名，而元至正二年（1342年）及第的我乡惠安（今泉港区）峰尾人卢琦是元代泉州唯一著名的进士（另有一名南安县吕大奎较不知名）。但到明代，泉州科举又再造辉煌，科甲联翩，直至清末，仍承其余绪，流风不绝。1300年间，泉州流传下来许多科名佳话。科举好像一个通向人间天堂的考试地狱，许多人刻苦攻读，终于通过科举出人头地，改变了自己的命运，也为家族和地方争得了荣誉。在科举时代，科名以人重，人也以科名重，科第人物是隋唐至清末政治和文化人才的主力，泉州历史上的多数名人也是进士出身。因此至今往往还为地方人士所津津乐道，研究地方史和地方文化的人士从来都热衷于本地的科名。陈笃彬院长和苏黎明教授在出版《泉州古代书院》之后，又接续完成了其姐妹篇《泉州古代科举》，实在可喜可贺。

研究一个地方的科举，必然会涉及科举人物的地理分布。我在《福建教育史》一书中，曾花了大量的精力专门统计过全省各地历代科名的消长。《泉州古代科举》对科名的地理分布，更详细统计到县一级的科名消长。明清以后，中国各省区科名盛衰表现出沿海与内地之间的明显差异，福建省各地的科名盛衰也表现出沿海州县与山区州县的落差。泉州是一个沿海地区，但从本书的统计分析来看，甚至在泉州境内，也存在沿海县与内陆县科名的巨大差距，这与沿海县份人口较多有关，更与经济发展水平以及教育水平密切相关。可以说明清时期泉州各县科名的地理分布状况是福建省和全中国科名地理分布的一个缩影。本书在叙述泉州科举历史发展脉络的同时，总结各朝代泉州科举的特点，分析士子对举业的态度等。在全书最后，还对科举制的社会影响的各个方面，如科举对泉州古代读书人的影响、对泉州古代教育、文化、政治、民风、民俗、社会形象的影响等皆作了概括，多有道理。如作者认为在漫长的古代历史中，影响泉州社会形象的因素无疑不少，但科举却是其中最具影响力的一个要素。这些都是本书的可贵方面。所应注意者,向来地方志对当地科名偏于夸大,尤其是关于唐代进士的记载有许多不实的成分,我们在看待有关唐代泉州的"进士"时也需作如是观。

"科举学"的广博性,充分体现在科举制的影响无远不届,再偏僻的县份也多少会有考上进士或至少会有考上举人者。每一本地方志都可以找到记载当地科名的内容,每一本族谱都有关于祖先科名的记录。因此"科举学"是一门与中国几乎所有地方和所有家族有关的专学。例如,在我的峰尾老家大门上还有清代进士刘章天写的"回澜"二字石刻,祖屋大门顶还挂有"进士"牌匾(大概是武进士)。"科举学"具有巨大的研究空间,历史上留下的科举文献远较书院的记载更多,现在已有不少地方出版了当地科举或状元、进士的专书,本书的出版必将为"科举学"踵事增华,也可为乡人了解乡土文化提供一本很好的著作。得知关于泉州书院与科举二书,还是陈笃彬院长在听我主讲的"中国高等教育史"博士生课程时萌动的写作念头,令人欣悦,是故乐以为序。

(本文为陈笃彬、苏黎明著《泉州古代科举》序,齐鲁书社 2004 年 9 月出版)

《泉州古代教育》序

　　"建国君民，教育为先。"中国向来有重视教育的传统，官方提倡，民间响应，许多人信奉"少小须勤学，文章可立身"的古训，勤苦向学。流风所及，至今中华民族可能是世界上最重视教育的民族。

　　要真正了解中国教育的现状，就要了解中国教育的历史。要深入了解一个地区的教育现状，则要了解一个地区教育的历史。陈笃彬院长和苏黎明教授热心乡梓，在出版《泉州古代书院》、《泉州古代科举》之后，接二连三，又完成这本《泉州古代教育》，使之成为地方教育史的完整系列著作。对一个地区教育史作出如此系统研究，这在全国是不多见的。此三本书各自独立，又互为联系，形成一个有机的整体。教育史的内容必定包含科举与书院，因为已经独立出版前两书，本书侧重在官学和社学、义学等其他教育形式。但不可避免也会涉及书院与科举方面的内容，在这种情况下，看来作者是力图写出新的内容，尽量不与前两书重复或雷同。

　　众所周知，民族的就是世界的，局部的往往也具有全国性的意义。各个地方的教育史都有自己的特色，只要真正深入研究进去，必定会有独特的收获，而且多少总会折射出中国教育史上的一般特征。例如，作为历史上移民台湾人数最多的地区，泉州与台湾具有十分密切的联系。本书清代部分，谈到了泉州教育、科举与台湾的独特关系，便既有鲜明的地方特色，也具有全国性的意义。写作最忌人云亦云，炒冷饭。只要有创意，即使是局部的创意，也具有一定的价值。整体是由各个局部构成的，因此局部的创新，对全局便有贡献，这也是研究地方教育史的价值之一。

　　中国帝制时代后期有一项防止官员徇私的重要制度，即地域回避制度。本地出身的官员一定不在自己家乡任职，在本地当官的人一定是外地人。因此，省级长官都是外省人，州级长官都是外州人，县级长官则是外县人。由于有这种政策的规范，一个地区的文化教育史上的人物和活动就包含了两个方面的内容，一是本地培养出来的名流显宦，如通过学校教育、科举考试选拔出来的进士或举人，但他们一般都在外地做出政绩；二是籍贯是外地但在本地任职的官员，以及他们在本地文化教育上的建树。一般我们写地区教育史主要记述的还是第二方面的内容，而科举史则主要记述第一方面的内容。当然，若从本地考出去，在中央或外地教育史上有重要地位的科举人物，本地教育史也可以带上一笔。本书写泉州教育史，若是某县出身的人物，在本州其他县从政，则更是完全属于泉州教育史的范围。如元代的卢琦是惠安峰尾人，中进士后曾任永春、宁德县尹，本书对他在永春县的教育方面的政绩便有所论述。

一斑可窥全豹，一叶可以知秋。通过一个地区的教育史，往往可以窥见许多全局性的事情。了解一些伟人成长的历史，往往也可给我们许多启迪。伟人最初与平常人没有太大的不同，任何全国性或世界性的伟人也都是出自一个很具体的地方。当我去参访一些伟人的故居的时候，便有这种感触，那些文化巨人最初与常人也没有什么特别的不同，只是通常在小时候都具有良好的教育和教养，能够成就其伟业者，关键还是其日后的努力和机遇，即时势造英雄与英雄造时势。

泉州古代的教育经历了一个曲折的发展历程，从唐后期的崛起到宋代的鼎盛，从明代的繁荣到清代的相对式微。其中原因很值得探究，本书也作了不少分析。我觉得，明末倭寇之患和清初海禁政策，对泉州（也包括毗邻的兴化）教育事业带来沉重的打击。教育与文化具有很强的继承性，是一种具有很强连续性的事业。在各地人才的激烈竞争中，一个地区的文化接力一旦出现中断，后来要想再赶上或超过其他地区，在相当长的时期内都很难。要想恢复元气，往往需要几十年甚至上百年的时间。清代不只是泉州地区，实际上整个福建都是如此。因为战乱等原因，清初福建乡试停过两科，人才辈出的链条中断之后，明代福建的科第盛况于是不再。明代福建不时产生状元等鼎甲人物，而清前期上百年时间都未出过状元，使得福建士人望眼欲穿，盛气受阻。直到清中叶以后，才出现"两眼开，状元来"的盛况。泉州古代教育的升沉消长也典型地反映出福建古代教育的变迁。本书对泉州历代教育的兴衰演变作了详细的叙述，对每个朝代泉州教育的特点作了概括，对全面了解泉州教育发展的过程，对其他地区教育史研究，都有参考价值。

　　本书也有一些值得改进之处。例如，在《南宋泉州的教育》一节中，说"贡院是科举时代地方考取秀才的专门场所。学政在贡院集诸生进行录取秀才的岁科考试称为院试，所以贡院又称督学试院，也叫考棚。但人们习惯上将府州一级的考棚称为贡院，而县一级仍叫考棚。"这里表述的是明代而非宋代的情况，宋代中央和地方的考场都称贡院，且学政是明代的官职，相当于现在的教育厅长。当然，瑕不掩瑜，总体而言，作为一本地区教育史，本书已写得相当不错了。先睹为快之后，作者再三嘱我作序，盛情难却，因此草此短引，以表祝贺。

　　（本文为陈笃彬、苏黎明著《泉州古代教育》序，齐鲁书社 2005 年 10 月出版）

《圭峰文化研究》序

闽在海中,峰在海中。当我看到乡贤编纂的《圭峰文化研究》时,常会想起"物华天宝,人杰地灵"这句话。峰尾丰富的物产不在陆上,而在海中,峰尾人世世代代以海为生,以海为家,以海为敌,以海为友。圭峰文化是一种海洋文化,圭峰塔作为圭峰文化的具体象征,多年来始终伫立岸边,守望大海。

虽然不是很高,不是很大,但圭峰塔在我的眼中和心中却很伟岸,很容易将其与西安的大雁塔联系起来,因为它们都是方型石塔,其精神风貌颇有相似之处。圭峰塔是峰尾一处弥足珍贵的文物古迹。圭峰的名胜古迹还有很多,如何在日新月异的建设中保护这些文化遗产,是今人应该认真面对的课题。难能可贵的是,肖厝经济开发管理委员会甫成立,便将圭峰塔和义烈庙等一批古迹列为文物保护单位,使许多文物古迹得到法律的佑护。作为一个以经济开发为主的机构,如此重视保护文物,发展文化,确实是功在当代,惠及子孙。圭峰古迹和民居是典型的闽南风格,与台湾的十分相同,这些有形文化是两岸一家的历史见证。对古迹进行翻修维护时,应注意整旧如旧,切不可整旧如新,破坏历史的原貌。

在当今趋重物质实惠的时代,家乡却有一批贤人热衷于研究乡邦文化,孜孜不倦,不计报酬,忙着编写印行一本又一本《圭峰文化研究》,委实令人感佩。一个村镇这么注重文化,这在全国是不多见的。如果不是有丰富的文化遗产和深厚的人文底蕴,如果不是有一批甘于奉献的有识之士,是不可能编印出这样的文化成果的。

因研究人文教育和"科举学"的缘故,我对地方文化史也有不少了解。向来地方史志和谱牒对本地或祖先的科名及事迹多喜夸张,如《福建通志》记载的元代福建 70 名进士便有许多不实的成分。按《八闽通志》等所载,元代福建实有可考姓名的进士仅 36 人,而元至正二年(1342 年)及第的乡贤卢琦则是货真价实的进士。明清时期,圭峰也是科甲联翩,人才辈出,余绪至今不断。读书可以变化人的气质,文化可以提升人的品位。使后人更加爱护家乡的一石一物,更为光大先贤的辉煌业绩,是编印《圭峰文化研究》的意义之所在。宗训叔嘱为此我写上几句,不敢违命,草成此序。

（原刊泉州泉港区峰尾镇《圭峰文化研究》第 4 辑,2000 年 10 月）

《儒风同仰:首届闽台孔庙保护
学术研讨会论文集》序

科举是中国和东亚部分国家古代的考试选官制度,孔庙是中国和东亚部分国家古代的儒学建筑。唐宋以后,科举在当时国家的政治生活和社会结构中占据着中心的地位,科举考试成为人文、教育活动的首要内容,是贯穿帝制中国后期的制度支柱和文化主脉。儒家经学向来是科举考试的主要内容之一,自唐代左庙右学格局形成之后,通过学生参加释典礼、进士及第后的释菜礼、在孔庙立进士题名碑等活动,科举与孔庙发生了重要的文化关联,体现出考试制度、文化礼仪与儒学建筑的互动和依存关系。

唐代就曾规定,乡贡明经、进士见讫,国子监谒先师,学官开讲问义,宋代亦然。洪武四年(1371年),令进士释褐,须诣国学行释菜礼,郡邑新生员、乡贡及庶吉士初入翰林院皆踵行之。此后,状元率新科进士上表"谢恩",到孔庙行释菜礼成为定制,一直沿用到清末科举制的废止。元代皇庆元年(1312年)开科取士,把新科进士的姓名刻石立于孔庙,以显示他们的荣耀,自此以后,历代遵行。北京孔庙见证了中国科举制的兴衰,那里至今仍矗立着198块进士题名石碑,题刻着元、明、清三个朝代600年多年间5万多名进士的姓名、籍贯和录取名次。越南河内孔庙亦类似,立有82座进士题名碑,记录了1442年到1779年间1306位越南进士的杰出成就,而且越南还准备就河内文庙内的进士题名碑向联合国教科文组织申请进入世界记忆名录。这些进士题名碑形象生动地昭示出科举与孔庙的关联,而且成为北京与河内孔庙中最受游客关注和兴趣的部分。

在科举时代,科举制度、儒家官学、孔庙祭祀三位一体。1905年中国废科举后,儒学因失去了制度化支撑和有力保障而迅速衰弱。1894年和1919年,韩国、越南的儒学也因各自科举制的废止走向式微。与此同时,孔庙也失去了往日尊崇的地位,于今基本上只剩建筑遗存。在当代,如何保护孔庙并使孔庙发挥作用?除了一些地方逐渐恢复的祭孔仪式以外,设立一些与科举和古代教育、国学方面的展览，使孔庙不至成为"空庙"，让孔庙不仅存留儒学建筑形式，而且充实其传统文化内容，是一个有效的途径。这方面，上海嘉定的孔庙将嘉定博物馆改设为上海中国科举博物馆，产生了巨大的社会效益和影响，便是一个范例。

　　（本文为《儒风同仰：首届闽台孔庙保护学术研讨会论文集》序，方志出版社 2010 年 9 月出版）

《一梦五十年》序

"怀旧"是一个温情的词语,或者说带有些许小资情调的词语。怀旧是一种略带伤感的美好情怀,经常回忆往事,品味细节,能让自己走向不惑,真正知天命,且富有想象力。人到 40 岁以后,开始容易怀旧。不少作家描述儿时生活情景的散文都是在中年的时候写出的,例如,鲁迅的《从百草园到三味书屋》,是他 45 岁的时候在厦门大学任教的时候写成的。虽然时空都已经发生了很大的变化,但童年时在绍兴老家的生活情景印象深刻,历历在目,所以读者很难想象作者是时隔 30 多年、远在千里之外写就的。

家乡是每个人生命开始的地方,童年的生活即使物质贫困,但多少都有快乐的之处,一般人回忆往事多半又容易记住美好的方面,因而中年时怀旧总感到亲切。我觉得那首著名的美国歌曲《故乡的亲人》,无论旋律还是歌词都很美:"幼年时我常在农场里,到处游玩,我曾在那里愉快地歌唱,度过幸福的童年……世界上无论天涯海角,我都走遍,但我仍怀念故乡的亲人,和那古老的果园;走遍天涯,到处流浪,历尽辛酸,离开了我那故乡的亲人,使我永远怀念。"人到中年,如果能偶尔作怀旧之旅,一定能触发许多思绪,而如果一个人到大地方功成名就之后,还能经常回到儿时成长的地方,仿佛在时空隧道中穿梭,就更能激发灵感和思维。

近年来,在厦门的报刊上经常可以见到出自"洪本祝"三字的充满怀旧之情的散文。本祝博士与我同属厦大历史系校友,且与我妻大学同班,因而见到其文,不免多看几眼。他文思泉涌,甚至一个月写出 40 多篇来,因此近年来我跟妻子提起本祝时,都称他为"洪作家"。他生活在厦门这座著名的城市,写得最多的却都是乡村的题材。洪作家经常穿梭于城市与乡村之间,面对时代的剧烈变化和光怪陆离的五色人生,留下了自己的真情实感和历史记忆。他离家已经 20 多年,不仅梦里常常回故乡,而且自己十天半月就回老家一次。我想,经常回故乡去接地气,是他高产的原因之一。

在洪作家众多的作品中，我最喜欢看的还是关于乡土的那些回忆文章，质朴、诙谐、原汁原味，散发着泥土的芬芳。有些人从农村进入城市成为白领之后，不大愿意谈论自己的出身，甚至讳言自己是从农村出来的。而洪作家毫不忘本，津津乐道儿时的乡村生活，体现出对父老乡亲的深厚感情，让我们看到生活在乡村的人们，其实智慧和乐趣并不亚于居住在水泥森林中的城市人。本书许多篇章，是新世纪典型的厦门乡土文学，反映出都市村庄的前世今生。

阅读其作品，常常感叹其对 40 年前经历的事情细节记得那么清楚。作者自言："内心脆弱敏感，十分机警，所经历的一切都刻骨铭心，这就是我能把 40 多年来的许多细节写得那么清楚的原因，没办法，烙印太深了。我属牛，对于历历往事也和牛一样慢嚼细咽，反刍品味。"(《即将才尽的江郎》)

我也曾经是半个文学青年，或者也属于患过"年龄病"的青年。后来一直在学术界中行走，虽然内心不时也还有向文学回归的向往，但不仅无暇实现，甚至越来越没时间阅读文学作品了，因此主要还是写写跟文学有点沾边的学术随笔，至多只是偶尔写一篇散文。我曾为他人的学术著作写过带有随笔性质的二十多篇序文，但还从来没有为一部文学作品写过序。洪作家执意要我这个不在文学圈中的人为其大著《一梦五十年》作序，想来自己还认真拜读过他的部分作品，留下相当深刻的印象，且有感其仕而优则学，在公务繁忙之余，勤于笔耕，难能可贵，因此才敢应命，涂抹以上几笔，姑且为序。

（本文为洪本祝著《一梦五十年》序，海风出版社 2012 年 4 月出版）

刘海峰在办公室留影(2006 年)

后　记

从事学术职业的人，一般以撰写学术论著为主。写随笔，因为不属于考核评价范围，不能当饭吃，只能是业余爱好，偶尔为之。

不过，随笔写到一定程度，尤其是发表学术随笔，对积累学术声望还是有助益的。书必通俗方传远。发表在学术刊物上的论文读者毕竟有限，出版的学术著作往往也只是同行才看，而在报纸上发表学术随笔，阅读的人就广泛得多。有时在报章上发表一篇短文比在权威刊物上发表一篇长篇大论影响还大。

当然还得看随笔怎么写。我觉得随笔也可以分为婉约派与豪放派，自己比较喜欢豪放一派，欣赏"高端大气上档次"的风格。好的随笔能够见微知著，大气、轻松、幽默，且有学术含量。好的学术随笔用精炼的文字写出丰富的内容，思想深刻，见解独特，且文笔优美，能够以小见大，具有学理性、趣味性与可读性。而要达到这一境界，需有相当的学术积累和一定的文史功底。

由于在中学和上山下乡时爱好文学，我 1977 年参加高考时填报的首选志愿是中文，后来虽然在厦大历史系进学，但习性好尚仍近于文学，因此有时也还写点随笔，而且后来我的一些学术论著也力图以历史为里，文学为表；史学为体，文学为用；或者说以历史为骨骼，以文学为血肉，以人文精神为灵魂。

考上大学 30 多年来，我发表的随笔或学术短文已有二百余篇。尤其是从 2009 年 3 月开始及其以后的一年间，《中国教育报》在每周一第 5 版的《高教周刊》设立"学者专栏"，陆续刊载了我的三十余篇系列学术随笔。原来《高教周刊》负责人唐景莉和储召先跟我谈好专栏的名称用"海峰随笔"，后因报社高层认为该报此前未用过人名作专栏，因而改为"学者专栏"。《中国教育报》是首次开设学者专栏，我是首位受约请撰写学术随笔的学者，在教育界与学术界引起了相当大的反响。《中国教育报》2010 年

1月11日还发表了读者黄宏欣写的读后感《一道炫目的学术之光》，对本人的系列随笔加以评论。

2010至2011年两年间，《科学时报》的《大学周刊》主编崔雪芹约请我在该报开设"海峰随笔"专栏，每月一篇，陆续刊载本人的系列学术随笔。《科学时报》是中国科学院、中国工程院、国家自然科学基金委员会主办的全国性大型科技类主流媒体，其中的《大学周刊》与中国高等教育学会共办，以大学为报道对象，涵盖大学教学、科研、产业发展、校园文化、国际竞争等各个方面，"海峰随笔"是该报首次以作者名字设立专栏。本书副标题之所以敢用"海峰随笔"，就是因为采录这一专栏的名称，并与2012年华中师范大学出版社出版的《刘海峰演讲录》配套。2013年6月，《光明日报》又约请开设"刘海峰专栏"，发表本人关于高考改革的系列文章。

另外，我曾为三十余本书作过序，其中包括为一些重要人物作序。如为曾经担任厦门大学党委书记和校长的陈传鸿老校长《大学之道》一书所作的序文，是我所写序文中篇幅最长，所花时间却最短的一篇。一般情况下，往往是请德高望重或身份地位比自己高的人作序，但陈校长认定我能写出好的序文，就是要我这个部下和晚辈为其文集作序，其礼贤下士的精神令人感佩。还有为当时任泉州师院院长、后来任福州大学党委书记的陈笃彬的三本书，连作了三篇序文。写一篇一般的序文很容易，简单将书中的内容概括出来，说几句好话，敷衍出一千来字便成了；写一篇精彩的序文不容易，要有自己的思想，言之有物，最好有些精彩的词句，并点出该书的特色。因此，凡是答应作序，我都不会随便应付，更不会让作者起草我来签名，因为将来要收进自己的随笔集或文集，要能够经得起时间的检验。我作的多数序文都是答应后过了好些时间，确实有感而发，觉得拿得出手后才给作者的。

十多年来，因为看到我发表的一些随笔，陆续有多家出版社约请为我出版随笔集。但出随笔集没有时间限制，且自己也没有心思真正花精力来整理旧文，结果或者未答应，或者答应了未着手。2013年秋，蒋东明社长说想约请我在厦大出版社出一本随笔集，尤其是2014年1月在闽西古田山庄举行厦门大学党校领导干部集中轮训学习班的时候，东明社长还专门到我房间来谈出版本书之事。想想自己出版过二十余本书，还没有在自己任教的大学的出版社出过一本，于是下定决心应约。

　　本书尽量收一些与厦大相关或较具厦门特色的随笔,可以说是厦大的、厦门的、福建的、个人的、文学的,当然也是全国的,最主要还是学术的。所收各篇水平不一,有些是自己较满意的精品随笔,有些则是早年的文学习作,还比较稚嫩。为反映成长的过程,保存历史真实,基本上一仍其旧,仅作了校对和极个别文字修改。

　　杜甫诗云:"不薄今人爱古人,清词丽句必为邻。"我认为好的学术随笔出则文,入则学,内为学术,外为文学,或者说学术为身,文学为衣。自己以教育为志业,入史出文三十年,希望将来有较多的时间来写写轻松的随笔。

2014 年 3 月 6 日

图书在版编目(CIP)数据

学术之美　海峰随笔/刘海峰著. —厦门:厦门大学出版社,2014.4
(凤凰树下随笔集)
ISBN 978-7-5615-5019-9

Ⅰ.①学…　Ⅱ.①刘…　Ⅲ.①随笔-作品集-中国-当代　Ⅳ.①I267.1

中国版本图书馆 CIP 数据核字(2014)第 056596 号

厦门大学出版社出版发行

(地址:厦门市软件园二期望海路 39 号　邮编:361008)
http://www.xmupress.com
xmup @ xmupress.com

厦门集大印刷厂印刷

2014 年 4 月第 1 版　2014 年 4 月第 1 次印刷
开本:720×1000　1/16　印张:13.25　插页:2
字数:200 千字　印数:1~3 000 册
定价:30.00 元

本书如有印装质量问题请寄承印厂调换